Michela Mininno
Andrea A. Giuliano

Girasoli di giugno

la rondine

ISBN 978-88-99135-31-7

Printed in Italy
www.edizionilarondine.it

In copertina disegno di: *Antonio Spadaro*

A tutti i bambini e ragazzi pieni di sogni
e a coloro che hanno avuto la determinazione
e il coraggio di realizzarli.

Introduzione

San Severo, 2016

Caro Peter,

chissà se oggi ti ricordi ancora di noi... Nonostante la nostra certezza riguardo la tua esistenza, facciamo molta difficoltà a ricordare i desideri che ti abbiamo confessato da bambini.

Chissà se oggi le strade che abbiamo intrapreso rispecchiano quanto sognavamo e desideravamo allora, se esse abbiano avuto anche soltanto un piccolo posticino tra i mille futuri, i mille "mestieri" che ogni giorno cambiano nella mente di un bambino.

Oggi siamo consapevoli che i sogni dei bambini sono speciali ed è per questo motivo che tu li custodisci. Essi sono il segreto della felicità dei grandi, di quei grandi che riescono a ricordare, che riescono a proteggere il bambino dentro di sé, che hanno la capacità di stupirsi, di credere in ciò che è incredibile.

Pur non sapendo se "vale" inviarti una lettera anche adesso che siamo grandi, il bambino nascosto dentro di noi ci spinge a credere che sia possibile.

Il nostro desiderio è quello di incoraggiare tutti i bambini e i grandi che hanno dimenticato di esserlo stati, a non dimenticare, a perseguire i sogni d'infanzia, perché essi sono il vero segreto della felicità, quell'incredibile che agli occhi di un bambino non è mai impossibile, nemmeno quando tutto il resto sembra suggerirci il contrario.

Da qui l'idea di raccontare questa storia. La storia di un eroe come te, che non sa neanche di esserlo. Perché, come ben sai, essere eroi ha sempre significato essere protagonisti, o almeno esserlo nel più ampio contesto possibile. Il nostro eroe è un eroe in punta di piedi, un non protagonista persino nella sua "banda" di amici. Un eroe che, seppur in un contesto piccolo piccolo, riuscirà a compiere delle azioni straordinarie, che influiranno positivamente sulla vita di alcune persone. Un eroe anonimo ma, al tempo stesso, straordinario proprio come te e grazie a te.

Peter, aiuta anche noi a essere eroi perché, se con questo racconto riuscissimo a far sognare anche uno solo dei lettori, allora anche noi sentiremmo di aver compiuto un'azione straordinaria.

Un abbraccio, a presto.
Andrea e Michela

CAPITOLO 1

«Alex! Sono tornata!!!»

La voce della signora Reale giunse confusa alle orecchie di suo figlio, chiuso nella camera in mansarda ad ascoltare musica rock e troppo impegnato a chattare.

«Aleeeeex! Per amor del cielo, abbassa quella robaccia!»

Infuriata, salì per la scala a chiocciola e aprì con decisione la porta della camera di Alessandro, incurante del classico cartello "Do not disturb". Dopo aver staccato la presa della radio, gli chiuse lo schermo del pc portatile così da avere la sua attenzione. «Mamma! Sei impazzita? Stavo chattando con Principe e Secchio!» «Che novità! Ormai sei sempre davanti a pc o tablet e con quel maledetto cellulare in mano! Grazie per il "bentornata mamma"». «Bentornata mamma, okay? Ora mi lasci in pace?!» «Cosa vuoi per cena?» «Hamburger!!! Me lo porteresti qui, gentilmente? Mangio al volo e scappo alla villa». «Certo, perfetto!!! Cos'altro?» «Una coca! Grazie!!!»

Rassegnata, la signora Reale andò a cambiarsi per poi chiedere a Marta, la domestica, di preparare la cena.

Figlio unico, Alessandro Reale, per tutti Alex, era ormai quattordicenne. Aveva appena terminato le scuole medie con il massimo dei voti e ora si godeva la sua meritata vacanza prima di cominciare il liceo scientifico. Era un ragazzo semplice. Non amava stare al centro dell'attenzione. Alto un metro e sessanta, ma con margini di crescita, portava i capelli cortissimi. Un lungo ciuffo, però, gli copriva la fronte e l'occhio sinistro. Un vero peccato dal momento che gli occhi, grandi e molto espressivi, erano la cosa più bella che avesse, insieme alla sua smisurata sensibilità. E preferiva nascondere anche quest'ultima dote, non con il ciuffo ma con la sua apparente aria da ragazzo incurante e perso nel suo mondo.

Il signore e la signora Reale gli avevano permesso tutto, accontentandolo e viziandolo. Famiglia benestante, da diverse generazioni, si era potuta permettere da sempre una vita agiata. Loro tre e Marta, l'anziana domestica, nonché ex baby-sitter di Alex, vivevano in un bellissimo palazzo dell'Ottocento, ricco di dipinti sulle volte e di eleganti scalinate. L'ultimo piano, una volta adibito a deposito, da due anni, era diventato il regno di Alex. Aveva voluto spostarsi lassù per stare lontano dai suoi genitori. Si era sempre sentito oppresso ed esageratamente controllato dai suoi, tanto apprensivi nel loro ruolo di genitori.

Il signor Reale, un omone alto e barbuto, aveva ereditato il famoso studio del padre, il più importante avvocato della città. La signora Reale, donna dai lunghi capelli biondi, elegante e sofisticata, lavorava come "Responsabile informazioni dell'aeroporto". Molto impegnati, cercavano di recuperare il tempo perduto rendendo insopportabili le cene, sempre troppo piene di domande e gesti affettuosi tanto da risultare, agli occhi di Alex, una falsa sceneggiata. Così, anche quella sera, come ogni sera da due anni ormai, non cenò con loro... Mangiò davanti al pc, mentre osservava il profilo facebook di Bianca, troppo timido per avere il coraggio di aggiungerla agli amici. Bianca non aveva niente di particolare, era bella nella sua semplicità. Era una tredicenne piuttosto minuta rispetto alle ragazze della sua età. Aveva dei lunghi capelli neri che risaltavano ancora di più i suoi occhi verdi. Amava circondarsi di amici ma se ne andava sempre in giro con un libro sotto il braccio, pronta a leggere in qualsiasi momento di solitudine, cosa davvero insolita per la sua generazione, così attenta alle mode e alla tecnologia e sempre più lontana dalla lettura, dalle relazioni e dai confronti interpersonali. E proprio per questo ad Alex piaceva. Perché era diversa. Perché era speciale. Lui si sentiva diverso da lei, un ragazzino viziato e senza stimoli.

Infilò i jeans, le scarpe gialle, pettinò distratto i capelli e raggiunse gli altri.

CAPITOLO 2

Il resto della gang lo aspettava a casa di Giulio, detto "Giulius", che viveva in una villa sontuosa con la sua numerosa famiglia, la più facoltosa della città. Giulius, bassino, tarchiatello e dai capelli rosso fuoco, era il figlio del sindaco. Il soprannome lo aveva imposto egli stesso ai suoi amici, poiché gli sembrava un nome che esprimesse potere. In fondo era il più ricco della compagnia e quindi comandava lui. La sua villa aveva una grande piscina e un vasto giardino. Proprio per questo, era diventato il loro posto. Ogni sera si ritrovavano in una camera al primo piano appositamente attrezzata, con sedie personalizzate da cartelli con su scritti i loro nickname, ogni genere di cibo da sgranocchiare e bibite... Alex arrivò per ultimo, salutò uno ad uno con il loro rituale e poi si accomodò accanto a Cristiano, detto "Principe", per i suoi capelli ricci e biondi e i suoi meravigliosi occhi azzurri.

Principe era quello che lui considerava il suo migliore amico. Erano cresciuti insieme. I suoi genitori erano proprietari della più importante boutique della città. La mamma, stilista specializzata in abiti da sposa, era modello di eleganza e portamento, cose che il figlio pareva aver ereditato da lei.

«Argomento della serata?» chiese Alex. «È stata proposta una partita a calcetto per domani pomeriggio», lo informò Principe. «Sempre che i tuoi non abbiano troppa paura che tu possa farti male!!!» si intromise Giulius. Tutti sbottarono in una grossa risata, compreso Principe. Alex gli lanciò un'occhiataccia e lui smise immediatamente. «Ci sarò! I miei non contano nulla, decido io!» «Vedremo!» continuò lui con aria di sfida.

Giulius era tremendamente viziato e arrogante. Ma era il capo della banda e nessuno riusciva a zittirlo. «C'è solo un problema», aggiunse Mattia detto "Secchio" perché era il più studioso di tutti. Secchio era magrissimo e la sua pelle così bianca da far paura. Il suo naso adunco reggeva, da quando era piccolissimo, degli enormi occhiali da vista. Suo padre era un chimico. Lavorava nell'ambito della ricerca, un vero cervellone. Secchio, sulle orme del padre, studiava tantissimo ed era appassionato di scienza e astrofisica. Erano sue le idee per nuovi giochi e strategie della banda. «Non abbiamo prenotato il campo e, in più, non c'è una squadra avversaria!» «Per il campo non c'è problema!» ammise subito Giulius con un ghigno. «Mio padre parlerà con il proprietario dei campetti privati che si trovano all'interno di una vasta proprietà di alcuni suoi amici. Non ci saranno assolutamente problemi! Tenetevi liberi tra le 15.30 e le 17.00». «E la squadra avversaria?» chiese Raffaele detto "Cicatrice" per via della lunga cicatrice che caratterizzava la parte destra del suo collo. Ragazzone alto e robusto, Cicatrice era il braccio forte di Giulius, infatti era pronto a difenderlo in qualsiasi occasione. Quella ferita se l'era fatta proprio in una rissa causata dall'impertinenza del suo protetto. Ma a lui andava bene così, l'importante dopotutto era far parte di quel gruppo. I suoi genitori, proprietari terrieri di umili origini, si erano arricchiti negli anni grazie al loro duro lavoro e al loro grande impegno. Quindi, far parte dei "ragazzi per bene" era, per Cicatrice e per i suoi genitori, un motivo di orgoglio.

«Potremmo chiedere ai ragazzi del campetto», propose Secchio qualche minuto più tardi. «Sei impazzito?!» strillò Giulius. «Io con quegli energumeni non voglio avere nulla a che fare!» «Secondo me è una buona idea», si intromise Alex. Lui era l'unico della banda a non avere un soprannome. Non erano riusciti a trovargliene uno perché non aveva niente di speciale, nessuna particolarità. Non era un protagonista, e non aveva un ruolo ben preciso all'interno del gruppo. Però era il miglior amico di Principe, così Giulius aveva dovuto accettarlo. Giulius gli lanciò un'occhiataccia. Odiava essere contraddetto. Alex sostenne il suo sguardo e lui si calmò. «E va bene! Proviamo a parlarci! Di sicuro abbiamo la vittoria in pugno!» Principe prese l'ultimo popcorn e seguì i suoi amici fuori dalla villa.

CAPITOLO 3

La "banda del campetto" era al suo posto, come ogni sera, con gli scooter schierati in fila e ben lucidati. «Che volete? Andate via, mocciosetti viziati!» sbottò Alberto, un ragazzone grande e grosso, nonché capo della banda, detto "Braccio di Ferro" per l'ancora tatuata sull'avambraccio. Gli altri della banda, di sicuro non più raccomandabili di quanto lo fosse lui, circondarono Giulius e i suoi amici, con intenzioni poco amichevoli. Fra loro c'era "Ronaldo", abile in attacco, "Schumacher" il meccanico, "Mago" il ladruncolo e "Rasta" per via dei suoi capelli.

«Siamo qui solo per proporvi una sfida su un campo da calcetto! Onesti! Cinque contro cinque!» spiegò Principe, passandosi, nervoso, una mano tra i capelli dorati. Braccio di Ferro scoppiò in una grande e grossa risata. «Volete forse morire?» si informò. «Aspetta a parlare!» commentò Giulius. «E cosa ci guadagniamo?» chiese Schumacher. «Nulla! È un modo per passare un pomeriggio estivo», spiegò Secchio, quasi tremando, impaurito dalle braccia possenti dei ragazzi della banda del campetto.

«Ci sto! Ma il campetto lo pagate voi, femminucce», disse il capo, e andò a stringere la mano di Giulius.

Nel frattempo, erano arrivate le ragazze del quartiere, incuriosite dall'incontro tra le due bande. Luna, Katia e Bianca erano amiche della banda del campetto, mentre Arianna, Fiorella e Camilla facevano parte di quella della villa, ma solo quando i ragazzi glielo permettevano. Le ragazze, a loro volta rivali tra loro, in quell'occasione si erano precipitate tutte insieme al campetto. Rimasero a bocca aperta nel vedere la stretta di mano tra i due capi. Iniziarono a scattare foto con i cellulari per immortalare quel momento, così da postarle su facebook, proprio come facevano per ogni cosa che avesse una minima importanza.

«Non c'è nulla da vedere!» urlò Braccio di Ferro. Impaurite, indietreggiarono. Lui rise divertito. Alex, intanto, era impegnato a fissare Bianca. Sebbene lei fosse loro amica, e quindi sua avversaria, era da sempre la ragazza dei suoi sogni. Principe, che gli era accanto, lo guardava divertito. «Riprenditi dall'emozione!» «Stupido!» lo sgridò Alex, distogliendo lo sguardo da Bianca. «Ho una nuova applicazione sul cellulare che calcola la percentuale dell'interesse che una persona prova per un'altra», li informò Secchio. «Vuoi usarla?» chiese. «No!» rispose prontamente Alex. Principe, intanto, aveva già afferrato il telefono dell'amico e stava memorizzando i dati di Alex e Bianca. «Sta' fermo!» urlò Alex. «"2%"», commentò Principe. «Sei un povero idiota!» disse Alex e andò via, senza salutare.

CAPITOLO 4

A passo svelto, si diresse verso casa dove trovò ad aspettarlo, seduti sul divano, davanti la tv, i suoi genitori. «Com'è andata la serata?» si informò la mamma. «Benissimo», finse Alex «Abbiamo organizzato una partita di calcetto per domani pomeriggio!» aggiunse poi. «Cosa? Tu non vai da nessuna parte!» tagliò corto il padre. «Se vuoi fare sport, sai che preferisco la palestra o il nuoto. Abbiamo tutti i soldi che ci occorrono per pagarti quello che vuoi, ma questi sport che istigano solo rivalità con i ragazzini del quartiere, sai che non li sopporto! Poi torni con una gamba rotta o chissà cos'altro!» «Papà io ci vado!» urlò Alex, e corse in mansarda. «Vedremo!» aggiunse il padre dal piano di sotto.

Quando fu a letto, Alex scaricò subito l'applicazione per il cellulare: "Quanto gli/le piaci?" Aggiunse i dati suoi e di Bianca, e calcolò il "grado di piacimento" da parte di lui. Ben l'88%. Poi, fece la stessa cosa per lei. "2%", proprio come aveva detto Principe. Quella notte non chiuse occhio.

CAPITOLO 5

Bianca camminava stringendo la mano di Principe. Lei sorrideva. Alex era nascosto nella stradina di fronte. All'improvviso, Principe si fermò, la fissò negli occhi e la baciò.

Si svegliò di soprassalto. Per fortuna era solo un sogno. Allungò il braccio fuori dal letto e girò la sveglia: le 12.45. Era riuscito ad addormentarsi all'alba e aveva dormito per tutta la mattinata. Meno male che la scuola era chiusa! Con la testa ancora immersa nel sogno, si sedette sul letto e cercò le infradito. Poi, scese lentamente le scale e si accomodò a tavola. C'era solo Marta, intenta a sbattere il tappeto. «Buongiorno!» gli urlò dal balcone. «Ciao Marta!» le rispose Alex, già alle prese con il cellulare. «Per amor del cielo, figlio mio, sei già con quel coso in mano? Credo tu stia esagerando! Un tempo ti guardavi attorno, eri un bambino così curioso e solare… Cosa ne è stato del mio Alex?» Lui non si prese nemmeno la briga di alzare lo sguardo dallo schermo. Anzi, si spostò sul divano. Lei lo seguì e si accomodò accanto a lui. «I tuoi genitori non ci sono, ti va di parlarne?» «No!» urlò. «Come preferisci. Latte o cannelloni?» «Cannelloni!» rispose freddamente. Marta andò a infornarglieli. Poi, prese l'aspirapolvere e cominciò a pulire casa. Infastidito, Alex andò a sfornare i cannelloni e si sedette per il pranzo. «Sono ancora freddi!» lo sgridò Marta. «Non importa!» tagliò corto Alex. Fece un primo boccone poi, mortificato, infornò nuovamente i cannelloni e si diresse verso di lei. Le spense l'aspirapolvere e la prese per mano, conducendola con sé sul divano. «Marta mi dispiace. Sei l'unica persona a cui tengo veramente e ti sto trattando male. Scusa!» «Non è vero. Ci sono anche i tuoi genitori, che ti amano tanto...» «No, loro non capiscono nulla di me. Li odio!» «No che non li odi! E ora non stai male per colpa loro. C'entra una ragazza, vero?» «Oh, Marta, tu mi leggi dentro!» «Ti conosco come le mie tasche ormai...» e, insieme, risero.

Parlarono del signore e della signora Reale, di quanto fossero assenti. Alex avrebbe voluto semplicemente fare una passeggiata nel bosco con suo padre, di tanto in tanto. Oppure che la mamma gli preparasse una torta di compleanno invece di ordinarla alla migliore pasticceria della provincia. Avrebbe avuto meno decori, magari sarebbe stata anche cattiva di sapore, ma sarebbe stata la torta che sua madre aveva fatto appositamente per lui. Voleva avere un rapporto semplice con loro. Genuino. Poi parlarono di Bianca. Di quanto fosse diversa dalle altre ragazze. Di quanto fosse pazzo dei suoi splendidi capelli e della sua risata. Infine, ammise di sentirsi perennemente fuori luogo. Sapeva di avere amici solo perché era Principe a volerlo nella banda. Lui non aveva nulla di speciale, niente che lo contraddistinguesse dalla massa. «Non è affatto così», lo rimproverò Marta. «Tu sei molto speciale. Hai tante qualità. Sta a te tirarle fuori...» poi continuò: «È difficile trovare la propria strada, il proprio essere. Alcuni riescono a trovarlo i primi anni di vita. Altri nel corso della propria esistenza. Altri, ancora, in punto di morte. Altri mai... Trova il senso della tua. Scopri chi sei veramente. Quando ci sarai riuscito, sentirai un bagliore dentro e niente potrà impedirti di raggiungere e conquistare il tuo traguardo, di diventare quello che devi diventare. Io credo molto in te...»

Si abbracciarono teneramente. «Sento puzza di bruciato!» disse Alex distratto. «I cannelloni!!!» urlò Marta. E scoppiarono a ridere.

CAPITOLO 6

Pieni di entusiasmo e puntualissimi, i giocatori si ritrovarono davanti al centro sportivo, alle 15.30. Alex, era uscito di casa senza problemi. Il padre aveva completamente dimenticato la partita di calcetto e lui non gli rinfrescò la memoria. Tutti i ragazzi della villa, su ordine di Giulius, avevano indossato un completino rosso e nero. Gli avversari erano vestiti a casaccio, ognuno come aveva voluto, senza un minimo di organizzazione. Le ragazze, anche loro divise in due gruppi, erano schierate dietro alle reti metalliche. Braccio di Ferro ricordò alla sua squadra i vari ruoli. Poi gridò che erano lì per vincere. Insieme, urlarono per intimorire gli avversari. La banda della villa non aveva ancora deciso i vari ruoli. Giulius guardò Principe e Cicatrice. Era in difficoltà. «Alex, tu starai in porta. Principe tu vai in attacco! Cicatrice in centrocampo. Io e Secchio staremo in difesa...»

Poco convinto delle sue decisioni, Giulius si diresse verso il centrocampo e, faccia a faccia col suo avversario, aspettarono di sapere chi avrebbe iniziato l'azione. «Dispari», disse convinto Braccio di Ferro. Giulius mise in mostra il suo pollice. L'altro l'indice e, dopo un secondo, il medio. «Tre!» commentò soddisfatto e, con un ghigno, andò a mettersi in attacco. «Hai barato!» urlò Giulius.

Braccio di Ferro partì senza aspettare che Giulius arrivasse in difesa. Passò indietro la palla a uno dei suoi. Poi, una volta ripresa, corse in avanti spingendo e allontanando violentemente gli avversari con le sue possenti braccia. «Che diavolo fai?!» urlavano tutti, compreso le ragazze della banda della villa, mentre le altre ridevano.

Franca, la cagnolina di Bianca, abbaiava. Aveva voluto chiamarla così perché a regalargliela era stato il suo ex fidanzato, Francesco. Unendo le prime tre lettere del nome di Francesco e le ultime tre del suo, era venuto fuori "Franca". Quando lui l'aveva lasciata per un'altra, lei provò più volte a cambiarle quel dannato nome. L'aveva chiamata "Bubù", poi "Lizzy", "Bloom" e "Tanya", ma la cagnolina si riconosceva solo con quel nome. Rassegnata, dovette continuare a usarlo.

In meno di cinque minuti, Ronaldo aveva già segnato quattro goal. Giulius rimproverava Alex, nonostante sapesse che lui e Secchio non stavano facendo una bella difesa. «Alex svegliati!!!» Braccio di Ferro era divertito. In dieci minuti, altri tre goal. Cicatrice era l'unico in grado di tenere testa agli avversari ma, non supportato dagli altri della sua squadra, era costretto a perdere palla e a tornare in centrocampo, in difesa e perfino in porta. Molte volte parò al posto di Alex. Era distrutto e, dopo mezz'ora di gioco, era riuscito solo a segnare tre goal contro i nove della banda del campetto. Intanto, le ragazze, pur dividendosi tra le due squadre, sembravano intonare un unico coro stridulo: "Forza! Forza!" Alex, in porta, spesso guardava Bianca con la coda dell'occhio. La trovava a scherzare con le sue amiche, altre volte a toccarsi i capelli, altre a guardare Principe. Temeva che il suo fosse stato un sogno premonitore. Rattristito, tornò a controllare l'azione. Troppo tardi per accorgersi che la palla gli stava per arrivare giusto in faccia. Cadde a terra come un birillo. Dopo molte risate degli avversari, ancora una volta, Braccio di Ferro piombò sulla palla, spingendo Secchio a terra. Nella caduta, gli occhiali gli volarono via, fino ad arrivare accanto ai suoi piedi e, ovviamente, non perse tempo a schiacciarli con i tacchetti delle scarpe, per poi fingersi dispiaciuto. Giulius, ormai impaziente, corse a prendere le difese di Secchio, avanzando verso Braccio di Ferro che, molto più alto di lui, gli chiese urlando: «Cosa vuoi?»

Giulius indietreggiò impaurito. «Allora, rispondi! Ora scappi femminuccia?!» Cicatrice corse in loro aiuto con determinazione. «Ecco l'eroe! Ma non ti rendi conto che non puoi niente contro di noi? Tu sei solo. Cinque contro uno. Perché continui a stare in una banda di femminucce? Vieni con noi Cicatrice! Sarai il benvenuto nel nostro gruppo!» commentò. «Non starò mai con dei buzzurri come voi!» disse Cicatrice con prontezza e gli si gettò addosso, cominciando a spintonarlo. Solo contro cinque, provò a difendersi con tutte le sue forze ma, ormai con il naso sanguinante, si accoccolò a terra. Le ragazze dei due gruppi iniziarono a urlare e a scappare via. Principe cominciò a minacciare i ragazzi della banda del campetto: «Guardate cosa avete fatto!» e indicò prima Cicatrice poi Secchio, entrambi a terra. «Sei un pazzo violento!» urlò contro Braccio di Ferro, «ti denuncio!» Lui gli si avvicinò e gli sussurrò all'orecchio: «Prova a fare una cosa del genere e quei bei ricci biondi e quella faccia da angelo te li trovi staccati dal collo». Principe rimase immobile.

La banda del campetto scappò con gli scooter. Giulius, Principe e Alex fecero rialzare i due amici. Piano piano, si diressero fuori dal campo. Secchio si riprese subito. Aveva però problemi con la vista. «L'unico vantaggio è che ora sembri più bello!» riuscì a scherzare fissando Giulius. Cicatrice, intanto, con orgoglio, era riuscito a rialzarsi da solo. Lentamente tornò a casa. Erano tutti mortificati. Vedendolo allontanarsi, tra il resto della banda della villa piombò il silenzio. Era sempre Cicatrice a rimetterci le penne. Forse era vero: non meritavano un amico come lui, pronto a difendere ogni loro idea strana.

CAPITOLO 7

Alex, Secchio, Giulius e Principe erano ancora nei pressi del campetto quando videro, da lontano, Bianca e Katia correre verso di loro. Bianca, con il fiatone, riuscì appena a dire: «Ho perduto Franca!» «Chi?» chiese Principe distrattamente. «La mia cagnolina è scappata!» spiegò la ragazza rivolgendosi a Giulius e Principe. «L'avevo portata con me al campetto poi, tutto a un tratto, mi sono voltata e non c'era più... L'abbiamo cercata dappertutto. Vi prego, aiutatemi!» aggiunse disperata. Giulius e Principe, senza un minimo di sensibilità, scoppiarono a ridere. «Noi dovremmo aiutarti?!» chiese Principe. «Ti ricordo che tu sei amica di quei balordi che hanno appena rotto gli occhiali di Secchio e hanno pestato di botte il povero Cicatrice!» continuò Giulius.

Senza aggiungere altro, si avviarono verso casa. Bianca non replicò. Secchio seguì i due amici. Alex, invece, restò al suo posto, immobile e incerto. Non sapeva se raggiungere gli altri o aiutare nella ricerca. Il cervello gli diceva di andare via. Dopotutto

Giulius aveva ragione. Il cuore però... Il cuore batteva per Bianca. La guardò teneramente; avrebbe fatto qualsiasi cosa per lei. Ma era anche convinto che un ragazzo come lui proprio non poteva piacerle. Quando Giulius gli urlò di seguirli, Alex disse sottovoce, guardando le ragazze: «Se vi fa piacere, vi aiuto io», ma Bianca non lo degnò nemmeno di uno sguardo. Alex, imbarazzato da quel silenzio, aggiunse: «Ci aiuterà anche Secchio!» Lui provò a replicare, dicendo qualcosa tipo: "Devo fare delle ricerche al pc" e "Senza i miei occhiali non vedo nulla, come potrei esservi di aiuto?!", ma Alex aveva già preso il sentiero che dalla periferia portava verso il boschetto immediatamente fuori dal paese.

Giulius e Principe, offesi, andarono via. Bianca e Katia decisero di continuare la ricerca attorno al campetto. Secchio, invece, dopo aver preso in pieno una buca e aver rischiato nuovamente di cadere a terra, seguì Alex.

CAPITOLO 8

«Guarda, c'è qualcosa che si muove tra i cespugli! Sarà Franca?!»

«Secchio, è il ramo di un albero!»

«Ah sì, certo!»

«Ecco Franca!»

«Secchio, è uno scoiattolo!»

Man mano che i due amici si addentravano nel "Boschetto dei Ricordi" (chiamato così perché era sempre presente nei racconti degli anziani del paese, anche se, ormai, erano in pochi a frequentarlo ancora), Secchio scambiò un istrice, una volpe e un gatto selvatico per Franca; rischiò di inciampare più volte tra sassi e radici fuori dal terreno e di precipitare giù da un burrone.

Fu in quel momento che Alex decise di proseguire la ricerca senza di lui. «Tu ora resti qui e non ti muovi!» «Perché?» «Come perché?! Perché non vedi nulla! Perché rischi la vita ogni tre secondi senza i tuoi occhiali! Proseguo la ricerca ancora per un po'. Prima che faccia buio, tornerò a riprenderti. Tu, però, non muoverti!»

Alex continuò ad addentrarsi nel boschetto, un bosco sempre più fitto di alti alberi, pieno di odori, una vera pace dei sensi! Gli uccelli intonavano le loro melodie, l'aria attorno era abbastanza fresca a quell'ora. Di Franca neanche l'ombra. Alex, però, non si arrendeva. Trovarla sarebbe stato un punto a suo favore. Lei adorava quella cagnolina. Ora era in pena per Bianca. Se Alex l'avesse ritrovata, l'avrebbe riportata dalla sua padroncina in braccio, come un trofeo. Immaginava lo sguardo intenerito di Bianca, pieno di ammirazione per lui. "Sei il mio eroe", gli avrebbe sussurrato all'orecchio. Mentre fantasticava, andò a sbattere contro un albero e cadde a terra.

Nonostante il forte dolore alla testa, si rialzò all'istante e si girò attorno, in cerca della cagnolina. Convinto e deciso nel suo intento, ricominciò a camminare. La vegetazione, però, era talmente fitta che si trovò a non avere più alcun punto di riferimento. In qualsiasi altra circostanza avrebbe avuto paura ma, in quel caso, il pensiero di Bianca era più forte di qualsiasi timore. Combatteva la sua personale battaglia con i cespugli, aiutandosi in qualche modo con le sue stesse gambe, inciampando più di una volta e così, con le ginocchia a terra, notò due file di ciottoli. Sassi bianchi e grigi, insoliti per quel paesaggio, delimitavano un sentiero. Alex, incuriosito, si chiese dove potesse mai condurre e così, senza indugiare, si lasciò guidare da quel corridoio verde. Ormai, la vegetazione era meno fitta. Era più facile seguire la direzione anche perché il sentiero si allargava sempre di più. Dopo trenta passi circa, il verde selvatico lasciò il posto a esili tronchi secchi, forse, una volta, rigogliosi alberi da frutto. Due di essi, con la loro forma arcuata, formavano quasi una piccola porta che segnava la fine del sentiero. Adesso Alex riusciva a vedere nuovamente il cielo.

Di fronte a lui, un piccolo campo, ingiallito dal tempo e dall'abbandono, circondava un casolare: un ammasso di vecchie pietre ricoperte quasi totalmente da una fitta vegetazione che entrava nelle porte. Fra le erbacce che ricoprivano il campo, si riusciva a vedere a malapena una piccola stradina battuta e probabilmente quello che, una volta, doveva essere stato l'ingresso.

Alex continuava il suo cammino quasi fosse un automa. Sicuramente molti, al suo posto, immersi in un'atmosfera del genere, avrebbero avuto paura! Non era così per Alex che sembrava attratto da qualcosa che egli stesso non riusciva a spiegarsi. La strada si interrompeva proprio davanti all'ingresso del casolare. Si fermò e fece qualche passo indietro, restando a fissare per lungo tempo il fronte principale. "Doveva essere stata una bella villa di campagna", pensò affascinato.

Gli ingombri delle porte e delle finestre erano molto grandi. Già, gli ingombri! Ormai non c'era più traccia di porte e finestre. Al primo piano la vegetazione entrava attraverso le finestre, quasi a formare delle tende, non lasciando intravedere nulla dell'interno. Solo nel caso della finestra più grande Alex riuscì a notare una vecchia tenda rossa e qualche ape che veniva fuori da uno dei tanti alveari.

A quel punto, decise di fare un giro attorno al casolare. Sul fianco laterale, vide la scala di accesso al primo piano che portava ad un pianerottolo. Sul retro, al primo piano, c'era una piccola terrazza ed una sola porta al piano terra.

Ciò che catturò la sua attenzione, però, fu la presenza di un terreno con tanti piccoli steli secchi, alcuni di essi ancora in piedi. Capì subito che quello, una volta, doveva essere stato un campo di girasoli. Dopo aver fatto il giro completo attorno al casolare, giunse di nuovo all'ingresso dove notò una cassetta delle lettere. Era quasi sicuro che prima non ci fosse. Aveva notato tutto con occhio attento, com'era possibile che gli fosse sfuggito quel particolare?

Un paletto grigio piantato nel terreno faceva da supporto a una cassettina che, un tempo, doveva essere stata di un rosso acceso. Ora di rosso ne era rimasto ben poco, lasciando spazio a quel tipico color "grigio abbandono". Fissandola distratto, notò che all'interno vi era qualcosa. Si avvicinò per assicurarsene. Chiuse l'occhio sinistro e con l'altro scrutò all'interno della fessura. Era vero! C'era una busta!

Dopo essersi guardato attorno – come se ce ne fosse bisogno – rassicurato dal fatto che non ci fosse nessuno a osservarlo, riuscì a infilare le sue piccole dita nella fessura e a estrarla.

Si sarebbe aspettato una busta vecchia, ingiallita e mal ridotta. Meravigliato, notò invece che era nuova e in buone condizioni.

Nessun destinatario. La girò e lesse il mittente: "Alessia". Senza esitare, la aprì, tirò fuori la lettera e cominciò a leggere:

Napoli, 2014

Caro Peter,
ho pensato tanto prima di scriverti questa lettera perché ho tanti desideri e così, siccome non posso scriverteli tutti, ho passato molto tempo a decidere quale fosse il più importante. A scuola sono la prima della classe: quest'anno ho preso tutti dieci e un nove, ma la maestra di inglese dice che per lei nove è come un dieci. Per me non ha senso e, anche se può sembrare impossibile, io desidero che quel nove, il prossimo anno, possa diventare un dieci. Da grande vorrei essere come il mio papà perché quando parla ha sempre ragione. Forse voglio fare la dottoressa ma vorrei anche avere il tempo di nuotare perché io adoro nuotare. Spero che tu riesca anche a far diventare più buona la mia sorellina, che è tanto birichina e la notte non mi fa dormire. Ti mando due baci (uno mio e uno della mia sorellina).

Alessia

CAPITOLO 9

«Alex, aiuto! Alex!!!»

La voce di Secchio echeggiò e sembrò risvegliarlo quasi da un sogno. La lettera lo aveva estraniato da tutto. Meccanicamente e quasi istintivamente, la rimise nella cassetta e tornò indietro, rifacendo lo stesso percorso di prima: la stretta strada battuta, il campo ingiallito, il sentiero tra gli alberi secchi, quello formato da sassi bianchi e grigi e, dopo aver lottato nuovamente per oltrepassare la fitta vegetazione, si ritrovò davanti all'amico, proprio dove lo aveva lasciato. Accanto a lui, a leccargli la caviglia, Franca.

«Alex, finalmente! Toglimi questo serpente di dosso!» urlò spaventato.

«Secchio, è Franca!»

«È Franca?!?»

«Sì!»

Alex la sollevò da terra e la strinse tra le sue braccia. La accarezzò e la tranquillizzò per tutto il tragitto fino ai campetti. Bianca era lì con Katia, entrambe sedute su una panchina. Aveva il volto rassegnato e l'amica la consolava abbracciandola e tenendole la mano. Sentendo i passi di Alex e Secchio, sollevarono subito lo sguardo. Bianca osservò Secchio procedere con le braccia tese in avanti, quasi fosse uno zombie, per evitare di urtare contro qualcosa. Era veramente al limite! Poi passò lo sguardo su Alex e, infine, su Franca. A quel punto, scattò in piedi e, dopo un urlo sibillino, corse a strappare la sua cagnolina dalle braccia del ragazzo che più potesse amarla al mondo.

Dopo aver festeggiato il ritrovamento con Katia, fece un selfie da mettere su facebook. Forse per l'eccessiva emozione, non spese una parola né un minimo gesto di riconoscenza nei confronti di Alex e Secchio.

I due amici restarono immobili. Secchio, poi, interruppe il silenzio implorando Alex di accompagnarlo a casa. «Sì, Secchio! Andiamo!» gli rispose amareggiato.

CAPITOLO 10

Dopo aver lasciato Secchio a casa ed essersi assicurato che fosse entrato dalla porta (dato che al primo tentativo stava per bussare alla finestra), anche Alex fece ritorno a casa. Salì in camera, ignorando completamente le domande dei suoi. Si buttò sul letto con il pc sulle gambe. Lo accese, inserì email e password ed entrò sul suo profilo di facebook.

Bianca, sebbene non fosse sua amica, aveva pubblici gran parte dei suoi post e, quindi, anche lui poteva vederli. L'ultimo era di appena dieci minuti prima: era il selfie con Franca e Katia. Aveva taggato tutti i ragazzi del campetto e aveva scritto: "Per fortuna ho ritrovato la mia adorata cagnolina! Grazie dell'aiuto cari amici e grazie anche a chi non ha voluto collaborare @Principe". Quasi avesse preso una scossa elettrica, tolse di scatto la mano dalla tastiera del pc. "Principe? Che c'entra Principe? Allora lui e Bianca sono diventati amici su facebook! E io?!" pensò Alex.

Era molto giù di morale. Aveva ritrovato Franca e, nonostante ciò, non aveva ricevuto una parola da lei… Per lei, lui sembrava che non esistesse. Voleva piangere, si sentiva a pezzi. Tirò un pugno contro il muro, poi si addormentò disperato.

CAPITOLO 11

Alex era davanti a Bianca. Il suo sguardo, però, era coperto dai capelli. Non poteva guardarla negli occhi e lei non poteva guardare lui.

Si svegliò e si accorse che aveva sognato Bianca per l'ennesima volta. Si alzò dal letto. Sembrava ubriaco. La testa gli girava: Bianca, Principe, Franca, la casa del boschetto, la lettera... Sì, la lettera! Perché quella lettera? Chi era Peter? Chi era Alessia? Perché aveva mandato una lettera in quel posto disabitato da tanti e tanti anni? Senza pensarci troppo, si mise al computer e, dopo aver aperto google, digitò "maps" poi cercò "boschetto dei ricordi". Subito gli si presentò la visuale completa dall'alto dell'intero bosco. Vicino erano ben visibili i campetti. A quel punto, aumentò lo zoom per cercare il casolare abbandonato. Non riuscì a trovarlo. Quello che riusciva a vedere era soltanto il fitto verde degli alberi che lo circondavano. Con lo zoom al massimo notò il sentiero di sassi, ma della casa neanche l'ombra. Com'era possibile? Forse un errore... Anche se google maps non aveva mai sbagliato!

Sicuramente era per via degli alberi che la coprivano. Senza preoccuparsi e pensarci troppo, spense il pc e scese a fare colazione. Marta spolverava il soggiorno. La tv da quarantasei pollici e i numerosi soprammobili della signora Reale le prendevano, ogni giorno, molto tempo. Alex mangiò una fetta biscottata con la crema di nocciole e bevve un bicchiere di tè freddo al limone. Bianca occupava perennemente i suoi pensieri.

Quella mattina, la banda della villa si sarebbe riunita a casa di Giulius per parlare dell'uscita al mare dell'indomani. In realtà, Alex non aveva voglia di vedere Principe perché invidioso delle attenzioni che riceveva da Bianca. Se si fosse fidanzato con lei, non sarebbe mai riuscito a vederli insieme: il suo migliore amico con la ragazza che amava… Un incubo per chiunque, anche per un ragazzo con un carattere come quello di Alex. Non aveva voglia nemmeno di andare al mare. Non lo aveva mai amato o, meglio, aveva sempre preferito la montagna e i boschi… più adatti a chi, come lui, amava confondersi, pensare, perdersi, passare inosservato.

In quel momento decise che non ci sarebbe andato, mai così sicuro in vita sua. La scelta delle scuole, il suo abbigliamento e tutto ciò che lo riguardava, era stato scelto e deciso dai suoi genitori; come e dove impiegare il suo tempo libero, invece, da Giulius e Principe. Prese il suo smartphone e inviò un messaggio al gruppo "Banda della villa", avvisandoli che quella mattina non ci sarebbe stato perché stava poco bene. "Divertitevi", aggiunse poi. Nessuna risposta. Al gruppo non sarebbe cambiato nulla: con o senza Alex, la giornata sarebbe stata la stessa, dal momento che non era mai stato lui l'animatore della banda né il guastafeste. Dopo un'ora circa, Secchio rispose con un freddo e secco "ok".

Tornò a stendersi sul letto. Ripensò al suo amore per i boschi e le montagne. Tutto a un tratto, riapparve nella sua testa il casolare abbandonato.

Infilò le scarpe gialle, pronto a ritornare in quel luogo misterioso anche per google maps.

CAPITOLO 12

Arrivò ai campetti, svoltò per la strada in salita, si addentrò nel fitto boschetto, ritrovò facilmente il sentiero di sassi bianchi e grigi e poi eccola lì... La vide e il cuore gli prese a battere più velocemente. Si avvicinò al vecchio campo di girasoli. Notò dei piccoli ciuffetti di erba secca che il giorno precedente non aveva visto. Si spostò verso l'ingombro del portone d'ingresso. Questa volta c'era una porta di legno scuro. Il pomello era di un cupo grigio. Era quasi sicuro che il giorno precedente la porta non ci fosse. Svoltò l'angolo e, dagli ingombri delle finestre, osservò dentro: la vecchia e sporca tenda rossa aveva un fermo che la teneva fissa su un lato. Sulla piccola terrazza al primo piano notò dei grandi vasi antichi, vuoti.

La cassetta delle lettere era sempre lì. Il grigio del paletto, però, giurò di ricordarselo più scuro. Il rosso, invece, leggermente meno acceso. Senza preoccuparsene molto, andò nuovamente a sbirciare dentro la cassettina. Non si aspettava di trovare un'altra lettera, eppure, con lo stesso stupore della volta precedente, vide una busta questa volta celeste. La prese e la lesse:

Tavira, 2014

Ciao Peter,
ti scrivo perché ho visto il mio fratellino che ti scriveva e così ho deciso di scriverti pure io, anche se ho sei anni ed ho appena imparato a scrivere. Dunque, io, in questo momento della mia vita, vorrei essere un manga. Ma non per sempre, perché da grande vorrei fare il lavoro del mio papà che lavora in uno studio. Però il mio dovrà essere più bello per poter fare tutte le cose che mi piacciono, compreso disegnare. Prima dello studio però, dato che ci vorrà molto molto tempo, mi piacerebbe fare il surfista, perché amo il mare. Lo sai perché? Perché lì si possono fare non solo i castelli di sabbia, lì posso volare anche sulle onde e davvero, non per scherzo! Ecco, io voglio fare quello.

A presto.
Alberto

Alex, dopo averla letta, provò una strana sensazione. Una sorta di formicolio alla schiena che aveva provocato una leggera accelerazione del battito cardiaco. Non aveva mai provato nulla del genere, se non quando aveva visto, dalla finestra, Bianca con i capelli sciolti e il vestitino elegante, il giorno del matrimonio di sua cugina Lara. Lui non poteva sapere che quello era stato un brivido di piacere, di entusiasmo.

La lettera lo aveva stupito e quasi commosso. Quanta dolcezza nelle parole di Alberto. Dolcezza? Commozione? Parole e sensazioni nuove per Alex. Ripiegò la lettera e, un secondo più tardi, la riaprì. Lo sguardo gli cadde sulla parola "vorrei". Poi, su "mi piacerebbe" e poi su "amo". La piegò nuovamente e la mise nella busta. Mentre la rimetteva nella cassettina, provò uno strano dispiacere. Perché mai? Tornò indietro e prese la via di casa.

Allungò il percorso e, camminando molto lentamente, passò per i giardinetti. Era una splendida giornata. I bambini giocavano a rincorrersi, altri si dondolavano dolcemente sulle altalene, altri scorrazzavano sulle bici con le rotelle. Si sedette su una panchina ad osservarli. Due di loro avevano in mano degli elicotteri giocattolo. «Io da grande sarò un pilota!» disse uno dei due. Poi, dopo un sonoro verso, che avrebbe dovuto riprodurre il rumore delle eliche, rise felice.

Alex non aveva mai avuto sogni, né desideri. Su quella panchina provò a chiedersi se li avesse. Se mai, nella sua vita, avesse provato interesse per qualcosa. Per Bianca, sì, certo. Ma la voleva per sé? Si riteneva in grado di affrontare una storia con lei? Cosa poteva regalare a un'altra persona? Cosa poteva fare per qualcun altro, se non aveva mai fatto qualcosa neppure per se stesso? Quante domande affollavano la sua mente. Tutte quelle che non si era mai posto.

Poi, tornò a ripensare alle lettere. Alessia, Alberto… Si alzò e tornò a casa. Nel tragitto, continuò a pensare.

«Alex, che ci fai in giro? Non eri malato?!» gridò Giulius dall'ingresso della villa. «Ho fatto soltanto due passi, sto tornando a casa». «Bugiardo, bugiardo!» gli urlò.

Alex, perso nei suoi pensieri, continuò a camminare fino all'ingresso di casa sua.

CAPITOLO 13

Dopo pranzo, salì in camera e prese un foglietto bianco. Con la penna tracciò una linea spessa e lo divise in due parti. Nella prima parte ci scrisse "Alessia", nella seconda "Alberto". Provò a cercare qualcosa che li accomunasse o che comunque potesse legare entrambi alla figura di Peter.

Come poteva essere possibile che arrivassero delle lettere ad una casa abbandonata? Forse era un indirizzo sbagliato o, magari, erano delle vecchie lettere arrivate in ritardo. Non poteva essere, l'anno era quello corrente. Forse un senzatetto aveva diffuso quell'indirizzo! Ma no, quella casa non aveva neanche un indirizzo! Poi, c'era scritto soltanto "Caro Peter". Perché ricevere delle lettere allora?! Era evidente che erano state scritte da bambini... Ma non abitavano bambini in quella casa. Ci pensò a lungo...

Alessia e Alberto sembravano non avere nulla in comune. Venivano da due posti molto lontani tra loro (Alex non sapeva neanche dove si trovasse Tavira. Solo grazie a internet scoprì che era una città del Portogallo). Non avevano in comune le origini né gli interessi. Magari erano cugini lontani. Peter poteva essere uno zio. Ma perché confidare a lui i loro più grandi sogni, quasi come se fosse in grado di realizzarli? Magari era un gioco che facevano tra di loro. Forse era meglio smettere di pensare a quelle cose. Sì, era soltanto uno stupido gioco tra bambini. Appallottolò il foglietto e lo gettò nel cestino della carta.

Dopo un po' lo riprese, lo piegò e lo mise in tasca. Accese la radio e, stremato, si gettò sul letto addormentandosi quasi all'istante.

CAPITOLO 14

"Alex! Alex!" si sentì chiamare mentre curava un campo di girasoli in fiore, molto simili a quelli della casa. "Alex, ma insomma Alex!" si girò verso una casa bellissima che non avrebbe mai potuto riconoscere se non fosse stato per quelle meravigliose, quanto appariscenti, tende rosse dei finestroni al piano terra. Vedeva da lontano la figura indistinguibile di una donna… Un'immagine molto sfocata ed una voce quasi familiare. "Ma come è possibile?! Prima era tutto abbandonato qui!" pensò. Non ebbe tempo di darsi spiegazioni che sentì nuovamente urlare: «Alex, svegliati! È tardi!»

Aprì gli occhi. Marta spalancava le finestre. «Avevi detto che da oggi ti saresti alzato presto. Invece è già mezzogiorno! Non ti farà bene abituarti a questi orari! Guarda che splendida giornata! Esci! Il sole mette allegria! Su, su!» e gli sorrise.

Dopo aver fatto colazione, Alex prese il suo pc portatile e tornò al parco. Era ormai ora di pranzo. In molti facevano pausa dal lavoro mangiando panini e hotdog. Ispirato, decise di scrivere qualcosa. Quell'aria frizzantina, gli uccelli che cinguettavano, il sole alto, gli avevano inculcato una certa vena artistica. Ma cosa scrivere?!

Ripensò al giorno dell'ultimo tema di italiano in classe: una traccia trovò Alex impreparato come sempre: *Parla di cosa vuoi fare da grande, dei tuoi sogni, delle tue ambizioni*. Mentre attorno a lui scorrevano fiumi di inchiostro, lui restò immobile e consegnò il foglio con poche righe, venute fuori da un immenso sforzo. Mentre ripensava a quel giorno, si ricordò del foglio che aveva conservato in tasca, la sera prima. Lo tirò fuori. Era tutto accartocciato. Si mise al computer e scrisse una sintesi delle lettere di Alessia e Alberto, facendo suoi i rispettivi contenuti. Quando finì, decise di postare il tutto su facebook. Con soddisfazione, lo postò anche su alcuni gruppi di scrittura e lettura.

Il pomeriggio la banda della villa doveva riunirsi a casa di Giulius per fare il punto della situazione. Era tutto pronto: bisognava pianificare la contromossa per averla vinta sulla banda rivale. Alex non aveva nessuna voglia di andarci, ma era stufo delle loro domande. Così, si presentò all'appuntamento. Giulius, come al solito, parlava. Progettava le varie azioni ordinando e distinguendo i vari ruoli. Cicatrice si era ormai ripreso, anche se qualche segno lo portava ancora. La sua disponibilità di combattente non si fece attendere. A seguire, Principe e Secchio che, poverino, non poteva tirarsi indietro. Alex, dalle azioni che implicavano anche il minimo pericolo, cercava sempre di non farsi coinvolgere. Quella volta, non fu nemmeno menzionato. Giulius aveva già immaginato un suo rifiuto. Infatti non se la prese mica! Alex si limitò a dire: «Quando avete fatto, aggiornatemi!» e si congedò.

Erano le cinque del pomeriggio, c'era il tempo di fare un giretto al casolare.

CAPITOLO 15

Arrivò in un lampo. Ormai, conosceva molto bene la strada. La fitta vegetazione non era più un ostacolo. Raggiungere il posto misterioso era per lui fonte di rigenerazione. Sentiva un misto di paura, ansia, adrenalina, curiosità... Tutte sensazioni per lui nuove.

I dettagli della casa erano ancora più accentuati. Questa volta, nel campo, erano ben visibili alcuni colori dei girasoli appassiti, ricurvi su se stessi: un tenue giallino colorava i petali, un nero inchiostro gli steli e le foglie. Sbirciando all'interno della casa notò una piccola scrivania antica. Accanto, un vecchio sofà impolverato. Una scala portava al piano superiore.

La cassetta delle lettere, ora, era di un rosso acceso. Anche questa volta ne conteneva una! La prese. Era bianca e profumava di buono. Con grande curiosità, si sedette sul gradino di ingresso. Senza pensarci troppo, l'aprì.

Immaginò che fosse di una bambina e non si sbagliò:

Mumbai, 2014

Caro Peter,
io non ho molto da dirti... Però, se proprio devo esprimere un desiderio, beh, vorrei far stare bene i miei genitori per poter tornare a casa. Adesso, infatti, vivo lontana da loro. Ho una vita serena, più di prima, ma non sono felice senza la mia mamma e il mio papà. Credo che questo non sia un desiderio assurdo, visto che sono tanti i bambini con una famiglia normale. Quindi, spero che tu ce la metterai tutta. Ripensandoci meglio, però, avrei un altro desiderio da realizzare: un giorno vorrei poter vedere la neve! Dicono che sia così bianca e soffice!!!

Un abbraccio.
Puja

Alex la piegò nuovamente e la mise nella busta profumata, con un grande dispiacere nel cuore. Non aveva destinatario, proprio come quelle di Alessia e Alberto. Era tutto così strano. Come le volte precedenti, imbucò nuovamente la lettera, immaginando chi le avrebbe lette dopo di lui. Chi era Peter? Esisteva davvero? Qualcuno doveva necessariamente esistere, dal momento in cui le lettere, poi, scomparivano. Alex pensò di rimanere nascosto lì tutta la notte, così da scoprire chi andava a prenderle o comunque rubarle. Ma come poteva restar lì? I suoi genitori si sarebbero preoccupati. Non gli avevano mai permesso di passare la notte fuori casa. Nemmeno per restare a dormire da Principe. Era successo solo per il campeggio estivo, l'anno precedente. Ma anche in quell'occasione avevano fatto un sacco di storie. Trascorrere un'altra notte con quel dubbio, però, era davvero troppo! Forse era il momento di entrare. Dopotutto era soltanto un casolare abbandonato. Perché avere paura? Sì, sarebbe entrato e avrebbe scoperto la verità. Avrebbe trovato un senzatetto rannicchiato a dormire o tracce di giocattoli di bambini che, di tanto in tanto, usavano quel luogo come nascondiglio o, magari, come centro di ritrovo, proprio come faceva la banda della villa a casa di Giulius. Ancora seduto sullo scalino d'ingresso, fece un lungo e profondo respiro. Dopodiché si alzò e si girò verso la porta. Con la mano tremante, girò il pomello.

La differenza tra la luce di fuori e il buio di dentro dava un forte fastidio alla vista, tanto che gli occhi gli si chiusero immediatamente. Non appena riuscì a riaprirli, iniziò a farsi avanti: il pavimento era di legno. I suoi passi provocavano un sordo scricchiolio che peggiorava il suo senso di inquietudine. Dopo i primi passi, però, avvertì una presenza. Improvvisamente sentì un lungo verso e vide un'ombra sul pavimento. Poi dei passi e, infine, qualcosa che gli si gettava addosso. Senza avere il tempo di pensare a cosa stesse succedendo, corse via dal casolare. Correva, correva. In un lampo attraversò il sentiero e la fitta vegetazione. Non si sentì sicuro nemmeno una volta arrivato ai campetti. Continuò a correre e si fermò a riprendere fiato soltanto quando fu sull'uscio della porta di casa sua.

CAPITOLO 16

I due giorni successivi li passò pensando se la cosa giusta fosse abbandonare l'idea di svelare il mistero della casa del boschetto o tornare immediatamente lì e vincere la paura che quei rumori in casa gli avevano provocato. Dopotutto non poteva di certo essere stato un mostro o una creatura del male. Tornando lì avrebbe trovato un uomo o una donna, o magari, un ragazzino come lui. Ma sì! Doveva semplicemente affrontare un piccolo rischio. Non era poi una femminuccia paurosa. Poteva farlo. E anche senza i suoi amici. Non aveva bisogno di loro per affrontare i pericoli! Ci sarebbe andato. E subito!!!

Questa volta preparò uno zainetto. Senza troppi criteri, ci gettò dentro una torcia, un coltellino, un taccuino e una penna. Infine pensò di aggiungerci una pesca e un panino. In fondo, se avesse trovato in casa un senzatetto, come aveva immaginato, sarebbe stato felice di aiutarlo. Poi si incamminò.

In meno di mezz'ora fu all'uscio della casa del bosco. Titubante e quasi tremando, avvicinò la mano al pomello che, ormai, era di un colore ambrato. Non volle controllare se nella cassetta ci fossero lettere. Doveva subito vincere la sua paura.

Come giorni prima, il fitto buio dell'interno della casa, dopo la luce del sole di una splendida giornata d'estate, lo costrinse a chiudere gli occhi. La paura, invece, lo incoraggiava a tenerli aperti. Non osò entrare. Solo dopo qualche secondo riuscì a guardare dentro. L'unica parte illuminata era quella con la famosa tenda rossa che dava sul lato destro della villa. Il resto della casa era buia, con persiane vecchie e mal ridotte, chiuse. Per istinto, si diresse verso la stanza con le persiane aperte.

Proprio quando fu al centro della stanza, sentì un rumore. Furono pochi istanti: Alex corse verso l'ingresso della casa per mettersi in salvo, poi si voltò per guardare in faccia il suo nemico. Una lampada era caduta a terra e si era rotta in mille pezzi. Era di quelle antiche. Accanto alla lampada, due enormi occhi verdi risplendevano nel buio. Un sonoro miagolio annullò il silenzio della casa. Lo splendido micio era impaurito quasi quanto lui.

Insieme si mossero in avanti, l'uno per avvicinarsi all'altro. Alex non aveva mai avuto un animale domestico. Non sapeva come trattare un gatto o un cane. Però capì subito che non gli avrebbe fatto del male. Era un gatto piccolo e innocuo. Non appena il micio gli fu vicinissimo, si chinò per vederlo meglio. Era bianco con delle macchie marroni qua e là. Una macchia era proprio attorno all'occhio sinistro. Era davvero piccolissimo. Forse doveva avere soltanto qualche settimana. Titubante, allungò il braccio per accarezzarlo. Il micio chiuse gli occhi per ricevere la sua carezza. Era così morbido! Alex non ricordò di aver mai toccato niente di più morbido. Dopo pochi istanti di coccole, il gattino gli si avvicinò al piede e si grattò la pancia sulla sua scarpa. Alex era stato distratto dall'animale e non aveva più fatto attenzione alla casa. Aveva completamente dimenticato di essere entrato in un luogo a lui estraneo e sconosciuto. Allora si rialzò e si guardò attorno. Iniziò a camminare su e giù per le stanze del piano terra. Un enorme tavolo in legno dominava quella centrale. Nella stanza sulla destra, l'unica illuminata dai raggi del sole, si accorse che la tenda era di un rosso molto più acceso di quello che si era aspettato, vedendola dall'esterno. Un grazioso sgabello in legno reggeva dei fogli ingialliti dal tempo. Per il resto, il piano terra era vuoto. Polvere e ragnatele riempivano il pavimento e le volte del soffitto.

Sbirciando qua e là si era reso conto di come quella casa riuscisse a farlo sentire bene. Gli donava quasi un senso di pace. Cosa davvero strana, dal momento che non era un luogo a lui familiare. Poggiò lo zaino a terra, lo aprì e prese in mano il panino. Lo sbriciolò per darne alcuni piccoli pezzi al gattino che, con la tipica aria di superiorità, propria dei gatti, mangiò il prosciutto e lasciò le briciole al pavimento! Il desiderio di leggere nuove lettere era più forte della voglia di salire al primo piano. Così, uscì. Con grande piacere, notò che il piccolo micio lo stava seguendo. Nella cassettina ne trovò una, questa volta rossa. La aprì e la lesse subito:

Rotterdam, 2014

Caro Peter,
io vivo in una casa che per me è la più bella della città, piena di colori. Ho due sogni: quello di diventare un grande portiere di calcio, il più forte del mondo, così da poter giocare al mondiale per il mio paese e vincere perché, quando il mio paese ha vinto gli Europei, mio padre ha detto che erano tutti felici ma io ero troppo piccolo anzi, non ero ancora nato. Il mio secondo sogno è quello di fare l'artista, un tipo di artista che fa quadri di guerrieri, animali e personaggi dei cartoni, insomma non quelle cose noiose che si vedono nei musei. Questi però sono sogni che ho nella mia vita da grande. Nella mia vita attuale, ciò che desidero più di ogni altra cosa è vivere libero, cioè in casa mia da solo, avere la pay tv e poter vedere e fare tutto quello che voglio. Spero che mi risponderai presto, realizzando qualche mio desiderio!

Patrick

Patrick doveva essere un bambino più piccolo rispetto a quelli delle lettere precedenti. Se ne accorse dal modo di scrivere un po' sgrammaticato. Sorrise tanto mentre leggeva.

Per la prima volta nella sua vita, si accorse che gli sarebbe piaciuto avere un fratellino o una sorellina. O magari entrambi.

Immaginò la sua casa abitata da piccoli mocciosetti. Sorrise e guardò il cielo.

Alex era sempre stato un ragazzo solo. La compagnia di amici non era mai stata prioritaria per lui. Forse non conosceva veramente la felicità, le risate che non ti fanno pensare a nulla. Però non conosceva neanche il dolore. Per questo, forse, non aveva mai fatto dei progetti. Lui voleva andare via di casa come Patrick? No... Perché doveva farlo? Aveva una camera tutta per sé... I suoi genitori gli avevano sempre comprato tutto ciò che aveva voluto. Dopotutto, non poteva lamentarsi. Neanche quel giorno Alex trovò un desiderio vero. La sera, a letto, usò nuovamente l'applicazione "Quanto gli/le piaci?": "2%".

Si addormentò ormai abituato a quel risultato.

CAPITOLO 17

Il giorno seguente, Alex lo passò con il resto della banda della villa. Giulius, dopo l'ennesima umiliazione subita a opera della banda del campetto, aveva invitato tutti i suoi amici per un mega pranzo. Le domestiche avevano preparato quanto di più buono possa esistere per lo stomaco di un ragazzino della loro età: lasagne, pizza, spiedini di carne, patatine fritte con salse e boccali di ogni genere di bevanda. Infine, almeno sei diverse torte. Dopo tutto quel cibo, i ragazzi della villa si stesero sui divani del salotto, sazi e insonnoliti.

Alex sperò di passare inosservato e si diresse verso la porta di casa per svignarsela. Gli mancava il casolare, ormai non riusciva a pensare ad altro, anche perché aveva il timore che il micio fosse affamato. Principe lo seguì e, tirandolo per un braccio, lo fermò. «Perché vuoi già andare via? Che ti sta succedendo? Una volta eravamo amici io e te!!! Perché non mi dici che fai in questi giorni?» Alex fu quasi mosso da compassione. Principe non si era mai preoccupato per lui, sebbene fosse il suo migliore amico. «Resta ancora un po', dimmi che ti succede!»

Soltanto in quel momento pensò che avrebbe potuto raccontargli della casa abbandonata. Dopotutto a chi avrebbe potuto dirlo, se non a lui? Proprio quando stava per iniziare il suo racconto, notò che Secchio e Giulius lo stavano osservando. Tornò a fissare l'amico e poi aggiunse «Un'altra volta, magari», e si chiuse la porta alle spalle.

Per la prima volta nella sua vita, Alex sospettava che i suoi amici non fossero preoccupati o interessati a lui. Aveva avuto la sensazione che Principe fosse stato mandato da Giulius per scoprire cosa gli stesse nascondendo. Era come se non accettassero che lui, il più timido del gruppo, avesse un segreto, qualcosa che fosse sua e sua soltanto. Anziché ferirlo, quella sensazione gli aveva trasmesso una forza assurda che gli sembrò concentrarsi sulle gambe. "Se mi ci metto di impegno, correndo come un lampo, sento di poter tornare alla casa del boschetto in meno di quindici minuti", si disse. Sorridendo, cominciò la sua corsa.

Dopo pochi minuti, però, sentì una voce urlare il suo nome. Si fermò e guardò nella direzione da cui proveniva il suono: erano le ragazze della banda del campetto e a gridare era stata proprio Bianca. «Dove scappi?» chiese Katia, curiosa. Bianca aveva il solito libro sotto il braccio. Alex la fissò prima di poter rispondere. Quel pomeriggio era particolarmente bella. «Ehm, vado a trovare qualcuno». «Qualcuno o qualcuna?» si informò Luna prima di scoppiare a ridere. Poi, Bianca gli si avvicinò. Per istinto, Alex si fece indietro di qualche passo. «Si dice che tu ti sia trovato la ragazza… è vero?» gli chiese fissandolo dritto negli occhi. Alex arrossì prima di girarsi e riprendere a correre. Corse senza fermarsi fino a quando si trovò dentro la casa del boschetto. Si sedette sul pavimento impolverato e prese fiato. Poi, cacciò dallo zaino la bottiglia di latte e la versò in una ciotola che aveva portato per il micio. Sulla tazza aveva incollato un foglio con scritto "Domenico". Aveva deciso di chiamarlo così perché il giorno prima era domenica e quell'incontro gli aveva trasmesso tanta gioia. Si rialzò e cominciò a cercare il gatto attento a non far cadere il latte dalla ciotola. «Miciooooo», lo chiamò.

Domenico era nascosto dietro al tavolo, confuso nel buio della casa. Piano piano gli si avvicinò. Bevve tutto il latte e, felice, accettò le coccole. Poi, come il giorno precedente, accompagnò Alex fuori per la lettura quotidiana delle lettere.

Lesse lettere quel giorno, il giorno dopo e il giorno dopo ancora… Ma non ebbe mai il pensiero di salire al piano di sopra. Quei desideri lo stavano arricchendo, questo stava intuendo. Ma cosa avrebbe trovato al primo piano non se lo chiedeva ancora…

Buenos Aires, 2014

Caro Peter,
mi spieghi come fanno gli scrittori a scrivere mille pagine in un solo libro? Io quando faccio i compiti ci metto un intero pomeriggio a scrivere quattro,

forse cinque pagine, e questa cosa mi fa dispiacere tanto. Io ho tante storie da raccontare, tante favole, ma riesco ad essere veloce solo raccontandole a voce, e così posso dirle solo alla mia sorellina, che le adora. Io da grande voglio fare la scrittrice e la poetessa perché, con le mie storie, potrei far fare tanti bei sogni a tutti i bambini del mondo, non solo alla mia sorellina. Per questo mi esercito molto a scrivere anche se, per adesso, scrivo solo per fare i compiti. Spero un giorno di diventare velocissima, per scrivere una montagna di favole.

Ciao ciao!
Lilia

CAPITOLO 18

Per l'ennesima sera andò a letto tardissimo. La casa, le lettere, i bambini sparsi per il mondo con i loro innumerevoli sogni occupavano i suoi pensieri. Però, l'ultima immagine nella sua testa, prima di prendere sonno, era il viso di Bianca.

In quei giorni aveva continuato a chiedersi come mai gli avesse domandato se lui si fosse trovato una ragazza. Era semplicemente per prenderlo in giro oppure era un po' gelosa? Ma no, non poteva essere… Bianca era così bella, troppo per lui! Nel dubbio, anche quella sera usò l'applicazione: 2%.

Il giorno seguente piovve tanto. Alex non uscì di casa. Il pomeriggio lo trascorse incollato al vetro della finestra della sala aspettando la fine di quello che aveva sperato fosse soltanto un temporale estivo. Ma la pioggia non cessava. Era preoccupato per Domenico. Cosa avrebbe mangiato? Aspettò e aspettò. Infine decise di indossare impermeabile e stivali e correre verso il bosco. Sull'uscio di casa, però, trovò la signora Reale.

«Dove vorresti andare con questo tempaccio? Rientra subito in casa!»

«No, mamma!!! Torno presto! Devo fare una cosa importante!»

«La farai domani!»

Rassegnato, tornò dentro casa, chiudendosi la porta alle spalle. «Alex, aiutami a sistemare la spesa». La seguì in cucina. «Suvvia, racconta. Cosa ti sta succedendo? Ti sei fatto la ragazza? Puoi dirlo, io sono una donna, so come vanno queste cose! È carina? Bionda?» e gli sorrise. «No, mamma! Non ho nessuna ragazza, chiaro? L'unica che mi interessa sa a malapena che esisto!!! Ora lasciami in pace!» e scappò in camera.

Quella notte, fra tanti pensieri e qualche lacrima, non chiuse occhio. Il giorno dopo non cadevano più lacrime, né dal cielo né dal suo volto. Uscì di casa con in mano la bottiglia del latte per Domenico, pronto per essere una persona diversa, pronto a trovare quei suoi sogni che non conosceva ancora, ma che sapeva di tenere nascosti nel suo cuore.

Il vecchio casolare sembrava ormai pulito e curato. Il campo conteneva dei girasoli forti e rigogliosi, nel pieno della loro bellezza. Il rudere era stato messo a nuovo giorno dopo giorno. Ma Alex non capì quando fossero avvenuti i lavori, dal momento che non aveva mai trovato nessuno lì intorno.

Quando Domenico sentì aprire la porta, non si scomodò e non gli andò incontro. Rimase steso sul pavimento e bevve molto lentamente il latte che, con tanto amore, il suo ormai padroncino gli aveva versato nella solita scodella. Dopo la dose di coccole giornaliere, Alex guardò Domenico e gli chiese di accompagnarlo al piano superiore. «Dai, vieni con me! Lì è così buio!» Domenico miagolò e si accoccolò nuovamente sul pavimento. «Forza, pigrone! Alzati! Di questo passo diventerai un gatto ciccione!» Domenico, infastidito dalle voce di Alex, si spostò verso la poltrona e tornò ad appisolarsi. «Oh, sei odioso!» gli urlò.

Finalmente, dopo tante visite, aveva maturato una gran voglia di scoprire cosa ci fosse al piano superiore, ma aveva anche un po' paura. Con il cuore in gola ma con lo spirito di un guerriero, si diresse verso la scala che qualche giorno prima era distrutta e che ora, invece, era di una pietra nuova e lucidata. Dopo dieci scalini, si trovò su un pianerottolo che, a sinistra, dava l'accesso alla terrazza. A destra, invece, c'era una porta. D'istinto andò verso il terrazzino ma, prima di poter uscire, il piede andò a urtare uno scatolone con su scritto "2013".

Dopo essersi seduto a terra, lo aprì, incuriosito. Dentro vi trovò delle lettere. Centinaia o, addirittura, migliaia. Ne lesse una a caso:

Mostar, 2013

Ciao Peter,
io vorrei scriverti tante cose, perché ho troppi sogni e desideri. Inizio da quelli possibili: vorrei far finire le guerre, le carestie, le malattie e arrivare alla pace in tutto il mondo, perché non voglio vedere più in televisione i bambini che soffrono.

A scuola ci hanno detto che anche qui era così. Anche se i miei genitori non mi dicono niente, io lo so. Ora passo ai sogni impossibili: vorrei volare e vivere su un'isola misteriosa, non crescere mai, avere una fatina (con della polvere magica) e dei bambini sperduti come amici. Se proprio non è possibile poter volare, spero che almeno un giorno riuscirò a tuffarmi dallo Stari Most, che è un po' come volare. Gradirei una risposta.

Ciao.
Alina

CAPITOLO 19

L'estate passò in fretta per Alex. Il giorno dopo avrebbe iniziato il liceo. Troppo indaffarato per pensare alla scuola, non aveva avuto tempo per comprare quaderni, libri e diario. Se ne ricordò soltanto quella sera e dovette rimediare in fretta, acquistando tutto nelle cartolerie e librerie vicino casa. Alla cassa, mentre pagava i libri di matematica e latino, incontrò Bianca, intenta a scegliere delle penne colorate. Per la prima volta era sola, senza le sue fidate amiche.

«Oh, ciao Alex!» lo salutò allegramente.

«Ciao», le rispose mentre gli cadevano le monetine sul pavimento. Dopo aver pagato, uscì in silenzio. Lei, lasciando perdere le penne, lo seguì.

«Frequenterai lo scientifico?» gli chiese.

«Sì», rispose Alex imbarazzato.

«Tu il classico?»

«Certamente, non capisco niente di matematica!» e sorrise.

Il suo volto era illuminato da una luce diversa. Sembrava una ragazza timida e gentile. Com'era sempre sembrata essere ad Alex, tranne quando era in compagnia delle sue amiche. "Chi era allora la vera Bianca?" si chiese in quel momento.

«Sei cambiato, sembri diverso».

«Ti riferisci al taglio di capelli?»

«Mi riferisco al tuo carattere! Sei sempre timido e un po' imbranato, in effetti, però sembri più misterioso, interessante...»

Alex arrossì. «Sì, sono cambiato. Sto cercando la mia strada. Penso ai miei sogni. Tu ne hai uno?»

«Sogni? Sì, tanti, credo».

«Dimmene uno!»

«Mmmh... Beh, trovare un principe azzurro», e rise.

«Uno come Principe?»

«Forse...»

Lui fece un sorriso amaro. «Ora devo proprio andare», la avvertì.

«Certo!» e, inaspettatamente, lei gli stampò un bacio sulla guancia sinistra. «A presto!» e scappò via. Lui restò immobile a osservarla fino a quando, alla fine della strada, scomparve.

CAPITOLO 20

A cena volle restare a tavola con i suoi. Magari avrebbe intrapreso una buona conversazione. Chi poteva saperlo... Ormai i genitori erano abituati alla sua assenza e furono meravigliati della sua compagnia.

«Papà», lo chiamò mentre gustava il polpettone preparato da Marta, «tu sognavi di diventare quello che sei o volevi essere diverso, avere un lavoro diverso e vivere in un altro posto del mondo?»

«Alex, ma che dici? Io non potevo sperare di meglio! Volevo abbastanza soldi e li ho avuti. Ho un ottimo lavoro».

«Io intendo quando eri un bambino... Non avevi dei bei sogni?»

«Figlio mio, i sogni ce li avevo anche io ma, quando crescerai, ti renderai conto che non avrai più nemmeno il tempo per ricordarli. La realtà è ben altra, ahimè. Pensa a studiare, intanto».

Alex, amareggiato, si rivolse allora alla mamma: «Tu, invece, ne avevi uno?»

«Oh, Alex, ma perché ti interessa tanto? Ha ragione tuo padre, lascia perdere e mangia prima che si raffreddi!»

Trattenendo le lacrime, lasciò la sala e salì in camera.

«Alex...» lo chiamò Marta bisbigliando. Lui indietreggiò e la raggiunse. «Io avevo tanti sogni, tantissimi!»

Il volto gli si illuminò di felicità.

«Quello più grande però, sai qual era? Diventare campionessa di nuoto», e sorrise ripensando alla sua fanciullezza.

Alex andò a letto pensando all'indomani. Un nuovo percorso da intraprendere... Poi pensò ai suoi genitori. In quel momento gli sembrarono due persone così tristi... Infine, come ogni sera, pensò a Bianca. Usò l'applicazione: "1%".

Di male in peggio...

CAPITOLO 21

Il mattino seguente fu durissimo. Riprendere il ritmo e gli orari scolastici non fu affatto facile. Il liceo era un ambiente di "perbenisti". Il suo indirizzo, in particolare, era quello rinomato per eccellenza, sia per l'elevato grado di preparazione dei professori (i migliori della provincia), sia per la scelta dei ragazzi (non tanto in base al merito, quanto alle parentele). Così, Alex, Giulius e Principe si trovarono a frequentare la stessa classe, insieme ad Arianna, Fiorella e Camilla. Secchio e Cicatrice, invece, erano in un'altra.

Dal momento che erano in tre, Arianna chiese ai ragazzi di poter stare al banco con uno di loro, poiché le amiche si erano già sistemate insieme in prima fila.

«Non esiste! Tu sei una femmina!» le ricordò sgarbatamente Giulius.

«Ma voi non potete stare in tre!»

«Io posso tutto».

In quel momento entrò l'insegnante che, dopo aver dato il buongiorno ed essersi presentata, chiese ai tre amici di dividersi perché i banchi erano fatti per due persone e non per tre.

«Sono il figlio del sindaco!» annunciò Giulius. Principe sorrise e Giulius gonfiò il petto con ridicola aria di superiorità.

Alex, annoiato dalle prime ore di lezione, tirò fuori il cellulare ed entrò su facebook. La casa lo aveva distratto e, da giorni, non aveva più usato il pc. Mille notifiche gli comparvero sullo schermo: il post del tema sui sogni aveva avuto un grandissimo successo, sia sul suo profilo che sui siti su cui l'aveva condiviso.

Tutti si erano complimentati per i suoi sogni e per la sua determinazione, senza poter sapere che quelli erano sogni "rubati" ad Alessia e Alberto. Mai un suo post aveva suscitato così tanto interesse. Alex ne fu meravigliato! In quel momento pensò di scriverne un altro, magari aggiungendo i sogni di Puja, Patrick, Lilia e Alina.

Avrebbe potuto scrivere ogni giorno pagine e pagine trascrivendo i sogni racchiusi nelle lettere ritrovate. Nessuno avrebbe mai potuto immaginare che quei desideri fossero di altri. Rimaneva il fatto che lui non aveva ancora capito quali fossero i suoi. Cosa poteva fare per scoprirlo?

Ci pensò l'intera mattinata, e fu rimproverato da tutti gli insegnanti già il primo giorno di scuola perché era perso nel suo mondo.

La scuola gli occupava intere giornate, la mattina per seguire le lezioni, il pomeriggio per fare i compiti. Non era più come alle medie! Toccava studiare seriamente! Versioni di latino e problemi di fisica e matematica accumunavano i pomeriggi dei ragazzi della villa. Spesso si riunivano a casa di Giulius (adesso erano ben accette anche le ragazze, molto più sveglie e preparate) e studiavano tutti insieme, tra una merenda e una risata.

Per quattro giorni Alex non andò nel boschetto. Sembrava un'anima in pena. Restare lontano da quella casa e da Domenico era davvero difficile! Però era tranquillo perché aveva lasciato tanto latte e tanto prosciutto per il suo adorato micio, sapendo dei suoi impegni con la scuola. Finalmente arrivò il venerdì pomeriggio. Appena finito il pranzo, Alex scappò di corsa con tanto latte e del salame per Domenico. Decise di portare con sé anche una bottiglia piena d'acqua così da poter annaffiare i girasoli. Il gattino fu felicissimo di rivederlo. Gli fece fusa e feste. Bevve il latte e lo accompagnò nel campo di girasoli. Erano sempre più colorati e vigorosi. Una meraviglia per gli occhi.

Alex respirò profondamente: una pace assoluta per i sensi… Chiuse gli occhi e godette respirando a pieni polmoni quell'aria magica. Decise di salire al primo piano dalla scala esterna che passava per il terrazzino. Domenico provò a seguirlo ma gli scalini erano troppo alti per lui, così, senza dispiacersi troppo, si stese vicino alla porta d'ingresso, approfittando delle ultime ore di sole.

Da lassù, aveva una visione completa del casolare. A terra, anche lì, scatoloni… Lesse "2012" "2011…" fino al "2000" erano tutti uno accanto all'altro. Dentro, senza meravigliarsi più, trovò delle lettere… migliaia di lettere.

Ne prese alcune e lesse delle righe a caso:

"Sono Carolina e vorrei diventare una maestra..."

"...vorrei poter creare un'enorme impresa di pulizie insieme alla mia cara zia. Un bacio, Milena".

Quanti desideri, quanti sogni...

Ripassando dalla scala esterna, tornò lentamente verso casa. Gli giunse improvvisamente un forte desiderio di abbracciare Bianca, anche soltanto una volta... Magari doveva tentare, doveva provare a farlo. Sì, avrebbe rischiato e avrebbe sconfitto la sua timidezza!

CAPITOLO 22

Una volta a casa, fece le scale di corsa e arrivò in camera. Accese il pc ed entrò su facebook. Senza pensarci ancora (un secondo in più gli avrebbe fatto cambiare idea), inviò la richiesta di amicizia a Bianca. Passarono meno di due secondi e lei accettò. "Bene", pensò, "perfetto... E ora che faccio? Dovrei scriverle?" Mentre ragionava sul da farsi, la chat fece apparire un messaggio di Bianca. Alex era senza parole. Tremando, aprì la conversazione: "Ciao Alex!" Quasi incredulo, continuò a fissare quelle parole. Pochi istanti, poi continuò: "Ti va una passeggiata domani pomeriggio? O magari una pizza?!" Rilesse il messaggio ben tre volte prima di sprofondare sulla sedia, senza parole. Non aspettò molto e scrisse un semplice "Sì". "Okey, ti aspetto all'angolo di casa mia! Alle 18 sarò pronta!"

Quella sera a cena continuò, per tutto il tempo, a fissare il tavolo con un sorriso ebete. I genitori non fecero molte domande, ormai sapevano che da Alex potevano aspettarsi i comportamenti più strani. Quella era soltanto l'ennesima conferma.

Ovviamente dormì soltanto poche ore. Si sentiva come un bambino che l'indomani sarebbe andato per la prima volta in gita scolastica, come un musicista al suo primo concerto pubblico, come un marinaio alla sua prima traversata, come un poeta alle prese con la sua prima poesia d'amore. Poesie, lettere, parole… Sogni, Peter, la casa nel bosco…

Ciao Peter,
…tu sei un fanciullo come me. Sii buono, esaudisci il mio desiderio! Voglio sposare Beatrice. Se non lo farò, sento che sarò triste e infelice per sempre.

Aiutami, ti prego.
Dante

Quella lettera era stupenda. Alex riusciva a sentire dentro di sé i sogni di quel Dante.

Continuò a sognare di aprire nuovi scatoloni: "1425". Prese una lettera a caso, era vecchia ma profumava ancora. Era rosa. Lesse con attenzione:

Caro Peter,
se davvero dovrò salvare la Francia, tu guardami dall'alto. Saprò di avere sempre un amico che mi è vicino.

Un forte abbraccio,
Giovanna

Alex si svegliò. Era senza parole. Quelle due lettere sognate, immaginate, erano così piene di vita, così profonde.

Poi si ricordò di Bianca. Era il fatidico giorno…

CAPITOLO 23

Quasi fosse un portafortuna, Alex decise che, prima dell'appuntamento, sarebbe passato a trovare Domenico. Alle 16 era già davanti all'armadio. Ad un primo appuntamento si va vestiti eleganti! Pantalone beige e camicia celeste, rigorosamente! Ma a Bianca sarebbe piaciuto? Magari avrebbe voluto vederlo più sportivo, casual... Però a lei piacevano i tipi come Principe! Sì, doveva mettere pantalone e camicia...

Si vestì, mise il profumo buono, quello che gli aveva regalato la mamma, indossò le scarpe di camoscio e andò alla casa del boschetto, attento, nel tragitto, a non imbrattarsi.

Domenico fu felice di vederlo. In un giorno aveva già finito tutto il latte e il salame. "Maaaao" fu la risposta al "ciao" di Alex. Dopo le consuete coccole, si occupò dei girasoli. Qualche goccia d'acqua andò a finire sulle scarpe. Forse non era stata una buona idea annaffiarli.

Guardò l'orologio (quello che sua zia gli aveva regalato alla Cresima). Erano già le 17.15. Aveva poco tempo per tornare indietro ed arrivare fino a casa di Bianca. Non poteva far tardi al primo appuntamento! Però magari c'era qualcosa di interessante in casa! Delle nuove lettere, chissà! "Dieci minuti", si disse a voce alta. Pronto a sfruttarli al massimo, corse al piano di sopra.

Quando si ritrovò di fronte alla porta che dava l'accesso alla stanza ancora ignota, fu mosso da un pizzico di paura. Appoggiò la mano alla maniglia e, molto lentamente, aprì. Si ritrovò addosso un enorme scatolone con su scritto "1999". La stanza non era accessibile. Scatoloni e archivi occupavano l'intero spazio. 1998, 1997, 1996, 1995, 1994, 1993… Tutti gli anni al completo dal 1990. Impressionante!

Aprì lo scatolone che gli era caduto quasi in testa. Era pieno di lettere colorate. Ne prese due a caso e lesse soltanto poche righe:

"Mi chiamo Antonio e vorrei frequentare l'aeronautica militare così da poter pilotare un enorme aereo!"

"Ciao, sono Stella! Da grande vorrei essere una parrucchiera…"

Fece il percorso verso casa di Bianca molto lentamente, quasi non avesse entusiasmo di andare a quell'appuntamento. Vederla non dava forse una gioia più grande che leggere lettere di bambini sconosciuti o fare coccole a un gattino abbandonato? Forse non come una volta. Forse qualcosa era cambiato in lui. Ma cosa?

Nonostante tutto, arrivò con cinque minuti di anticipo. Lei si fece aspettare. Alex era già scocciato. Appena la vide arrivare, però, il cuore iniziò a battere all'impazzata. Quanto era bella! Aveva indossato un grazioso impermeabile beige con un paio di stivaletti neri. I capelli le cadevano dolcemente sulla spalla destra. Scendendo le scale di casa, li aggiustò e li riportò un po' anche sul lato sinistro.

Quasi per istinto, Alex si nascose dietro a un albero. Bianca lo cercò con lo sguardo ma non lo vide. Con un'espressione dispiaciuta, continuò a voltarsi, a guardarsi intorno, sperando di vederlo arrivare. Aspettò e aspettò. Dopo dieci minuti, si sedette sulle scale, dispiaciuta. Alex, in un lampo, si spostò dietro una macchina e anche lui si sedette a terra. L'uno pensava all'altra. Così vicini, bastava poco, pochissimo per toccarsi... Bianca decise di rientrare in casa. Alex si voltò e, attraverso i vetri della macchina, la guardò sparire dietro il portone.

Tornò a casa, e nel tragitto si chiese cosa gli fosse successo. Lui un sogno ce l'aveva: uscire con Bianca. Aveva mandato tutto all'aria. Aveva rovinato tutto senza accorgersene, senza volerlo. Quella sera non cenò. Mentre indossava il pigiama ci ripensò... Senza volerlo? No, l'aveva voluto.

Giovanna, la bambina della lettera sognata era così sensibile. Tutte le bambine delle lettere, avevano un dono. E lui si era innamorato di ognuna di loro. Ogni volta che era entrato in contatto con le loro vite... Andò a letto pensando a Giovanna e non a Bianca... Nonostante questo, usò l'applicazione. Stessa percentuale di sempre. Si addormentò sperando di sognare nuove lettere.

CAPITOLO 24

Riudoms, 1862

Caro Peter,
...la cosa che desidero di più è costruire un gigantesco castello di sabbia, con le torri altissime, quelle che si fanno con la sabbia bagnata! Questo deve però durare per sempre, e anche se ci vorrà tanto tanto tempo per farlo, non importa! Ci riuscirò e, quando sarà finito, servirà a ricordare a tutti quanti che la fantasia di un solo bambino può meravigliare i grandi di tutto il mondo.

Antoni

Era l'ennesimo sogno. Ormai le lettere riempivano la sua mente, giorno e notte. Dopo i primi minuti dal risveglio, scattò in piedi e urlò: «Bianca!» Aveva quasi dimenticato il disastro del pomeriggio precedente. "Cos'ho fatto?!?" pensò. "Come posso rimediare ora?"

Forse non poteva rimediare, in nessun modo. Lei era offesa e non avrebbe più voluto vederlo. Si era giocato la sua occasione, era uno stupido. Quelle lettere gli avevano annebbiato la mente. Bambine inesistenti gli avevano permesso di perdere la persona più importante della sua vita. Sebbene tornare in quella casa era stata, in quei mesi, la sua unica fonte di gioia, decise che non ci sarebbe mai più tornato. Doveva tornare alla sua vita di sempre. Era domenica. Sì, sarebbe uscito con gli altri della banda, dimenticandosi che in quel giorno della settimana aveva conosciuto il suo adorato Domenico. Il gatto se la sarebbe cavata, era in gamba! Doveva tornare a pensare a se stesso e doveva trovare un modo per riavvicinare Bianca.

Si vestì e uscì senza nemmeno fare colazione. Ormai non mangiava da molte ore. Il dispiacere profondo che provava non gli faceva avere fame né sete. Dopo molte domeniche trascorse alla casa del boschetto, quella mattina gli sembrò strano dirigersi verso casa di Giulius.

"E tu che ci fai qui?!" "Chi non muore si rivede!" furono i commenti degli amici.

«Scusate ragazzi, rimedierò. Recupererò il tempo perso», rispose a tutti.

«Sei dei nostri, tranquillo!» lo rassicurò Secchio con una pacca sulla spalla. «Oggi giro in centro!» aggiunse Principe. «Andiamo a conquistare le donzelle che escono dalla messa», spiegò.

«Principe vive nelle favole», commentò Giulius ridendo. «Non per niente è il nostro principe», disse Cicatrice.

Felici e uniti come un tempo, passarono la mattinata girando per la città e per i centri commerciali. Tutti i ragazzi erano in giro, come loro. Incontrarono la banda del campetto con le loro moto. Non persero occasione per deriderli, nonostante la brutta figura che avevano fatto durante la partita di calcetto.

«Siete dei perdenti», disse Giulius, ma sottovoce. «Urlalo, Cicatrice!»

«Meglio di no», suggerì Alex, «ignoriamoli».

«E da quando tu dai consigli a me?» chiese. Si guardarono, poi Giulius riprese a passeggiare. Cicatrice questa volta era salvo.

«Ecco le ragazze del campetto», avvisò Principe, poco dopo.

Alex, allarmato, guardò verso di loro. C'era anche Bianca. Principe le si avvicinò e la salutò con due sonori baci sulla guancia. Poi, Bianca si voltò e vide Alex. Non si aspettava di vederlo. Si guardarono, poi lui sollevò il braccio per salutarla. Lei girò la testa e lo ignorò. Alex fu deriso dagli altri che, ovviamente, non sapevano dell'appuntamento. Il cuore gli si frantumò. Non si ricordò di essere mai stato così triste e dispiaciuto in vita sua.

Quando fu nuovamente a casa, nella sua camera, ne fu quasi sollevato. Finalmente, poté sfogare quel dispiacere. Versò qualche lacrima. Dopo mezz'ora, tornò a guardarsi intorno. Si meravigliò nell'accorgersi di sentirsi meglio. Quello sfogo gli aveva fatto bene. Anche vivere quelle sensazioni era una cosa nuova per lui, quasi piacevole. Il dispiacere, il pianto, erano cose così straordinarie. Alex stava finalmente vivendo al massimo. Asciugò le lacrime e, sorridendo, si affacciò alla finestra. Guardò il cielo. Era determinato. Avrebbe conquistato Bianca!

CAPITOLO 25

Si sedette davanti al pc e cominciò a cercare poesie d'amore famose. Poi sentì di poter essere in grado di scriverne una tutta sua! Per farlo gli occorreva semplicemente pensare a lei. I suoi occhi, i suoi capelli lo avrebbero ispirato per la poesia più bella e più dolce mai pronunciata. Le lettere dei bambini di tutto il mondo gli erano d'esempio. In pochi minuti scrisse la sua poesia, quasi di getto.

Come sole e luna.
Come cielo e terra.
Come acqua e fuoco.
Così io e te.
Il vento soffia sulle mie parole,
forse brevi per amare,
ma mi nutro di esse
e continuo a sognare.

La rilesse tre volte. Quasi non poteva credere di aver scritto quelle parole. L'avrebbe recitata guardandola negli occhi, con l'animo pieno d'amore.

Quasi immediatamente ci ripensò. Non ne aveva il coraggio. Fu in quell'istante che gli balenò in mente l'idea di scriverla su facebook dove, ormai, le sue lettere, i sogni rubati ai bambini, erano famosi. I "mi piace" erano tantissimi, la nuova poesia sarebbe stata letta dai suoi ammiratori sul sito di scrittura. La pubblicò su circa dieci pagine e, ogni volta, taggò Bianca. Aveva una paura grandissima. Forse lei non avrebbe apprezzato. Forse le avrebbe dato fastidio. Ma lui doveva almeno provarci. In pochi minuti i "mi piace" e le condivisioni erano già centinaia. Persone a lui sconosciute continuavano a commentare e apprezzare le sue righe. Lui, però, aspettava soltanto la reazione di Bianca che, per ore, non arrivò. Lei era sempre connessa. Come poteva non averlo visto? Magari la poesia non le era piaciuta. Ma come poteva essere? Lei leggeva libri, tanti libri! Non poteva disprezzare un gesto del genere! Proprio quando era in preda allo sconforto, il suo "mi piace" arrivò! Pochi istanti dopo… un messaggio privato. Era lei! Lo lesse immediatamente: "Alex… perché non sei venuto all'appuntamento? Mi hai fatto rimanere così male!" "Mi farò perdonare", le promise.

La poesia era soltanto l'inizio. In quel momento capì che aveva così tanto da dare, da trasmettere! Lui, Alex, era in grado di dare una svolta alla sua vita e a quella di Bianca. Doveva soltanto trovare il modo di farlo. Usò l'applicazione: "1%". Ma com'era possibile? Gettò il cellulare a terra. Quella notte andò a letto sicuro di sé e sicuro che l'indomani la svolta sarebbe iniziata.

CAPITOLO 26

Lisieux, 1882

Ciao Peter,
voglio essere perfetta per Dio, voglio impegnarmi per amarlo come Lui vuole. E l'amore che il Signore richiede è un amore fatto di piccole cose. Più sono piccole più, per Lui, sono grandi e di valore. Tu lo sapevi? Anche la più piccola azione, il più piccolo gesto, se lo fai con amore diventa enorme! Voglio vivere una vita piccola, piccolissima, anche breve ma grande e intensa.

Thérèse

Alex si risvegliò nel cuore della notte.

Raccolse il cellulare gettato a terra qualche ora prima. Erano soltanto le 2.18.

Felice di poter continuare a sognare lettere, si riaddormentò.

La Coruna, 1893

Caro Peter,
sono un bambino spagnolo che sa fare i disegni. Amo disegnare, ma non disegno quel che amo. I miei disegni più belli ce li ho sotto il letto, ma non li vuole vedere nessuno, perché sono disegni da bambini, mio padre invece vuole che io faccia i disegni che somigliano a quelle cose che si trovano nei musei o nelle case delle persone ricche, con quelle cornici giganti, perché dice che sono un prodigio. E così ho deciso che i miei disegni più belli voglio regalarli a te, perché sono sicuro che ti piaceranno, e così tu li potrai far vedere a tutti i bambini del mondo e, da questi, ne faranno altri e altri ancora, sempre diversi, perché i disegni dei bambini non si possono copiare!

Pablo

CAPITOLO 27

Quelle bellissime lettere sognate, immaginate, erano per lui, come di personaggi sempre conosciuti, frequentati. Non sapeva chi fossero ma era sicuro che fossero persone legate alle sue giornate, ai suoi studi, alle sue passioni.

Scese giù di corsa, pronto per la nuova settimana di scuola. Baciò affettuosamente la mamma e Marta e scappò via, con lo zaino. Era sorridente, il sole quella mattina ricordava che era estate, anche se per due giorni ancora. L'autunno era alle porte ma Alex era nella sua più splendida primavera. Fu interrogato in italiano e arte. Fu così brillante nel discorrere su Dante e Picasso da meritare un bel nove in entrambe le materie. Era diventato più determinato e spigliato. Nel frattempo, continuavano ad arrivare centinaia di commenti e di "mi piace" per la sua poesia. Come non essere felice?

Dopo la fine delle lezioni, quasi fosse un desiderio involontario, sentì di dover andare alla casa del boschetto. Aveva promesso a se stesso che non ci sarebbe più tornato. Però sentiva che, prima di chiudere definitivamente quel capitolo della sua vita, prima di voltare pagina, doveva ringraziare quel Peter invisibile che aveva permesso il suo cambiamento, la sua rinascita. Poi voleva vedere ancora una volta Domenico.

Salutò Giulius e Principe e iniziò il cammino verso il bosco. Anche quella volta sentiva il cuore a mille. Il percorso lo conosceva benissimo ma era confuso, il desiderio irrefrenabile di tornare in quel posto, lo faceva sentire quasi in trance. Si diresse verso la casa quasi sbandando.

Nella confusione, iniziò a notare lettere sparse dappertutto; ce ne erano ovunque: tra le piante, sotto gli alberi, tra i rami... Altre, ancora, schiacciate dai sassi bianchi e grigi. Non era mai successo prima di allora! Nel tragitto, ne prese alcune a caso e lesse delle frasi:

Recanati, 1806

Caro Peter,
ho scoperto che i libri vivono e hanno poteri magici!

Giacomo

Varsavia, 1820

Caro Peter,
tutti mi dicono: componi musica, sei un ometto! Non sanno però che comporre è inventare. E l'in-

venzione, la creatività, la fantasia sono proprie dei bambini e soltanto di quei pochi adulti che non hanno perso del tutto queste capacità.

Fryderyk

Possenhofen, 1848

Ciao!
La mamma dice che sono un maschiaccio! A me non importa un bel niente di andare a quelle feste dove si balla! Roba da femminucce!!! Sento di avere tutto qui con me: il vento tra i capelli, l'odore dell'erba, la libertà, la spensieratezza.

Sissi

Dublino, 1866

Ciao Peter!
…io non sono un bambino normale, ho origini divine e, come te, non invecchierò mai, considerando che non sono mai nato.

Oscar

Monaco, 1889

Caro Peter,
io da grande voglio fare questo! Capire le cose… Capirle veramente! E non parlo solo di oggetti. Voglio sapere il perché di ogni cosa che succede!

Albert

Marceline, 1909

Carissimo amico,
da grande voglio fare una cosa speciale: donare il sorriso a tutti i bambini.

Walt

New Orleans, 1914

Caro Peter,
…vogliamo provare a creare una band e io suonerò la cornetta. A me piace molto il ragtime… Ho un certo ritmo, lo sento dentro…

Louis

Cleveland, 1923

Caro Peter,
io amo correre, sono velocissimo, anche più del vento! Quando corro mi sento invincibile, nessuno riesce a prendermi.

Jesse

Rimini, 1929

Caro Peter,
qui nel mio regno i sogni sono reali! Sai, con i miei poteri posso farti sognare con gli occhi aperti, puoi desiderare di guardare la cosa più incredibile del mondo e vedrai questa comparire davanti ai tuoi occhi.

Federico

New York, 1933

Caro Peter,
le persone si fermano sotto casa per ascoltarmi, incantate dalla mia voce magica, e così io continuo a cantare perché sono felice e dono la felicità.

Maria

Los Angeles, 1935

Caro Peter,
puoi essere mio fratello, magari. Almeno avrò qualcuno che resti con me per sempre. Si adotta un fratello? Se sì, io voglio adottarti caro Peter.

Norma (Marilyn)

Wapakoneta, 1938

Caro Peter,
sogno di poter raccogliere le stelle una ad una e di giocare a palla con la luna.

Aspettami.
Neil

Lasciò cadere l'ultima a terra e sollevò lo sguardo. La casa era lì, davanti a lui.

CAPITOLO 28

Sembrava una di quelle case che si raccontano nelle favole, meravigliosa, non incuteva più timore, ma stupore in ogni suo particolare. I mattoni lasciavano, di tanto in tanto, spazio alle piante e ai fiori che si arrampicavano dai cespugli, scendevano dalle finestre, in mille diversi colori. Le finestre erano aperte, giusto il necessario per lasciare ondeggiare dolcemente le tende rosso porpora che si riflettevano sulle ampie vetrate. Fiorellini bianchi anche a terra, che intervallati dal ciottolato bianco che portava fino all'ingresso, dove una porta di legno fregiata introduceva all'interno della casa. Sulla destra la cassetta della posta, color rosso vivo, che non si distingueva quasi più di fronte a tanta bellezza.

Alex rimase a bocca aperta, emozionato a tal punto da non riuscire a fare più di due passi senza fermarsi. "Ci sono venuto quasi ogni giorno e non mi sono accorto di tutto questo! Ora sembra tutto diverso!" pensò. A un tratto, dietro l'angolo, il profumo dei fiori lasciò il posto a una piccola marea dorata di girasoli splendenti, che quasi sembravano essere lì per illuminare lo splendido panorama che era possibile osservare da quella piccola altura. Restò fermo, a godersi quell'incanto, seduto a terra e con le ginocchia strette al petto, senza chiedersi il perché di tutto ciò. Forse perché in fondo aveva capito, quel giorno, che a circondarlo erano i suoi ricordi più belli, come pezzi di costruzioni per bambini, di diversi colori, messi insieme per comporre il più bello dei castelli.

Alex non si chiese il perché, certo, ma comprese che forse i desideri sono il frutto delle esperienze vissute più belle, dei ricordi più emozionanti, che col tempo si dimenticano, invecchiano, e con esse scompaiono anche i sogni. "I nostri sogni non scompaiono, arrivano qui, e Peter li protegge!" osservò, giungendo alla conclusione che essi, se non vengono dimenticati col tempo, prima o poi, vengono realizzati. Dopo questa riflessione, con aria decisa, entrò nella casa di corsa, tanto che lo stesso Domenico si spaventò, sgattaiolando fuori in cerca di maggiore tranquillità.

"Devo trovare la mia lettera, quella di Bianca... quelle dei miei amici!"

Iniziò a rovistare tra gli scatoloni. "Quale anno sarà?" si chiese, iniziando a calcolare le annate possibili. Dopo quasi due ore, si rialzò fiero, con un mezzo sorriso e con un piccolo mazzettino di lettere. Uscì dalla casa, girò verso i girasoli, e si sdraiò a terra per leggerle.

CAPITOLO 29

Giulius convocò una riunione straordinaria alla villa. «Ragazzi», disse, «è successa una cosa strana: ho ricevuto un libro da un mittente anonimo!»

«Anche io!» risposero quasi in sequenza gli altri.

«Chi potrebbe mai mandarci dei libri?» domandò sospettoso Principe, con lo sguardo rivolto verso il basso.

«Forse è una trappola della banda del campetto!» osservò Secchio.

«Ma che stai dicendo? Su Secchio, con le tue solite genialate! Ti pare una strategia di quegli energumeni? Troppo raffinata! E poi? Che trappola potrebbe mai esserci in un libro? Su!»

Cicatrice non aprì bocca fino a quel momento, in cui domandò a voce bassa: «Ma Alex? Dov'è finito? Non ha detto niente, non sarà stato lui?»

Nessuno disse nulla. Perfino Giulius, sempre pronto a schernirlo, questa volta non disse niente, fino a quando, con un filo di voce quasi imbarazzata, commentò: «Certo, lui è strano, ma non credo a tal punto da fare una cosa simile».

Dopo poco meno di un'ora si dileguarono, ognuno verso le rispettive case, pensierosi a tal punto da non essere distratti nemmeno dall'assordante rumore degli scooter truccati della banda del campetto. Nessuno da quel momento si chiese da dove arrivassero quei libri. Ciascuno di essi si appassionò alla lettura.

Giulius, che aveva sempre preferito i videogames ai libri, non staccava più gli occhi dal suo sulla meccanica delle auto da corsa.

Principe, che non leggeva neanche quelli di scuola, lesse in una sola settimana il suo libro sulle pietre preziose di tutto il mondo.

Secchio con i suoi occhialoni navigava tra le mille pagine che illustravano l'universo.

Cicatrice, infine, stava imparando, grazie al suo libro, i segreti della vela.

Nessuno, stranamente, rinunciò a leggerne una sola pagina.

CAPITOLO 30

«Cara, sono tornato», esordì il signor Reale al rientro a casa dal lavoro. Lei, invece di rispondere da lontano al saluto del marito come di consueto, gli andò incontro con aria stranamente emozionata e con un libro fra le mani.

Il Signor Reale, riconosciuto quel libro, sbarrò gli occhi. Poi, con voce bassa e confusa disse: «Ma è il nostro libro di esercizi per il piano... Erano anni che lo cercavo ovunque, senza successo. Ma dove l'hai trovato?»

«Proprio qui, sull'uscio, in un pacco postale, pensavo fosse una tua idea», rispose con sguardo dubbioso. «Ti ricordi?» proseguì, mentre il marito lo sfogliava, come fosse la prima volta. «È il libro che ci ha fatto conoscere a scuola di musica, con te che mi aiutavi a girare le pagine quando eseguivo i primi esercizi».

Lui, non riuscendo a staccare gli occhi dal libro, aggiunse sorridendo: «Ricordo che volevamo diventare grandi musicisti, e quasi ci stavamo riuscendo, poi però...»

«Su, proviamo a suonare qualcosa!» lo interruppe lei.

«Ma stai scherzando?» rispose incredulo. «Io non ricordo più nulla! Sono passati anni ormai».

«Non importa, suoniamo il primo esercizio, il più facile!» insistette la moglie.

Si diressero così verso il loro vecchio pianoforte a muro, e, mentre si sedevano entrambi sullo stesso sgabello, il signor Reale chiese: «A quattro mani? Ma non l'abbiamo mai provato...»

«Vedrai che verrà fuori benissimo!» rispose la moglie sorridendo.

Suonarono per diverso tempo, e dalla casa della famiglia Reale era così possibile ascoltare di nuovo bellissime note di pianoforte, come non accadeva da diversi anni.

CAPITOLO 31

Bianca era seduta sul bordo delle aiuole accanto al campetto, insieme con le sue inseparabili amiche. A un tratto qualcuno alle spalle coprì i suoi occhi sussurrandole alle orecchie: «Devo darti un regalo». "È Alex!" pensò emozionata, mentre Luna e Katia, accennando un sorriso complice, si allontanarono silenziosamente. In quel momento Bianca si rese conto di quanto desiderasse incontrarlo, e dopo aver tolto le mani di Alex dagli occhi, si voltò di scatto per assicurarsi che fosse lui. Sorrise nel vedere quei suoi grandi occhi così espressivi a fissarla.

Dopo qualche secondo di silenzio, si ricordò del regalo: «Davvero mi hai fatto un regalo?»

«Sì», rispose Alex porgendole un libro.

Non era un libro qualsiasi, era un libro di fiabe, il preferito fra i tanti che Bianca aveva letto sin da bambina, uno di quei libri di fiabe che hanno sempre un lieto fine, dove c'è sempre una principessa in cui lei tanto amava immedesimarsi.

Tra i rumori del campetto, della strada adiacente, dei loro smartphone che impazzivano di notifiche, restarono lì, per lungo tempo. Incuranti di tutto il resto, accovacciati, continuarono a sfogliare insieme il libro.

Dalla tasca di lui, nel frattempo, sfuggì via un piccolo foglietto ripiegato, su cui, fra un soffio di vento e un altro, era a malapena leggibile:

Ciao Peter,
sono Alex, e da grande vorrei essere un supereroe che salva tutti e un principe azzurro con una principessa bellissima...

Alcune lettere dal bosco dei ricordi

Brasov, 2014

Caro Peter,
ti scrivo questa lettera proprio oggi perché ho pensato che vorrei parlare tutte le lingue del mondo, tipo te. L'anno scorso sono andato in Italia a trovare la mia mamma. Lì non potevo fare niente con gli altri bambini perché non riuscivo a capire cosa dicessero. Alla fine, però, sono riuscito almeno a giocare a pallone con loro. Io faccio l'attaccante e sono molto forte. Nel mio quartiere lo dicono tutti, infatti mi fanno giocare sempre in attacco e, quando organizziamo le squadre, mi scelgono sempre per primo! Io voglio diventare il migliore, come Cristiano Ronaldo o come Mutu, anche se mio padre dice che il più forte è Hagi. Voglio giocare per la Juve, per la Romania e poi, quando sarò vecchio, diventare allenatore. Spero tu possa aiutarmi.

Gabriel

Cleveland, 1923

Caro Peter,
in questo periodo sono un po' felice e un po' triste. Sono felice perché, da quando siamo arrivati a Cleveland, i miei genitori hanno un lavoro migliore, così posso evitare di lavorare e la mia mamma può prendersi cura meglio di me e dei miei nove fratelli; non devo più fare chilometri per andare in chiesa o a scuola. Posso frequentare scuole migliori, per bambini neri, e andarci vestito meglio. Ma, al tempo stesso, sono triste. Mi mancano i campi dell'Alabama, il loro profumo, i sentieri che facevo ogni giorno per andare a scuola. Sai, sono sempre stato un gran dormiglione e così, per non arrivare a scuola o in chiesa in ritardo, finivo sempre per affrontare quei sentieri correndo, sempre più veloce. E non sono mai arrivato in ritardo! Io amo correre, sono velocissimo, anche più del vento! Quando corro mi sento invincibile, nessuno riesce a prendermi. Hai mai provato a correre controvento, o con la pioggia? È bellissimo! Qui a Cleveland non posso fare niente di tutto questo, non ho i miei campi, non corro; lo fanno i bambini bianchi nelle loro scuole. Spero che un giorno tu possa aiutarmi a trovare un posto, come l'Alabama, in cui tornare a correre come un tempo, in cui tornare a fare a gara col vento e lasciare tutto il mondo alle spalle dimostrando, ancora una volta, di essere invincibile.

Jesse

Wapakoneta, 1938

Caro Peter,
questa sera sono un po' triste perché non riesco a vedere le stelle e la luna. Sai, quando non ci sono le nuvole, il mio papà mi racconta delle bellissime storie sull'universo e, mentre siamo davanti la finestra a guardare il cielo, io mi addormento fra le sue braccia. E sogno di volare in cielo, di essere velocissimo. Sogno di poter raccogliere le stelle una ad una e di giocare a palla con la luna. Chissà se qualcuno è mai riuscito a prenderla fra le mani! Forse è troppo grande, ma se io la guardo attraverso la mia mano, non sembra poi così grande. Al mio papà ho detto che sogno un giorno di poter volare il più lontano possibile, e così lui mi porta sempre sugli aeroplani, che sono bellissimi e volano molto alto. Ma lui non capisce che io sogno di volare liberamente, come fai tu, e così ti scrivo perché spero che tu possa farmi vedere come si fa. Voglio volare lontano per raggiungerti, forse la tua casa è nascosta fra quelle migliaia di stelle, o forse ancora più lontano, ma non importa, potremmo volare insieme in tutto l'universo, giocare a nascondino fra i pianeti e giocare a palla con la luna.

Aspettami.
Neil

Los Angeles, 2014

Caro Amico,
sapessi quante volte ho pensato a te! Io ho una vita diversa dagli altri bambini, ho fatto cose che molti altri non hanno mai fatto e forse non faranno mai, infatti fino allo scorso anno lavoravo in un mercato per un dollaro al giorno, e facevo tante assenze a scuola dopo che il mio papà si è ammalato al cuore. Io non ho mai pianto per questo e, invece di piangere, pensavo a te… anche quando il mio papà mi diceva che tutto si sarebbe aggiustato ed io mi vergognavo a dirgli che erano gli adulti a dover lavorare e non i bimbi. Quando diventerò grande vorrei avere un albergo sul mare. Tuttavia, anche se questo sogno non dovesse realizzarsi, spero che tu mi aiuterai ad avere un futuro migliore, perché ho fatto tanti sacrifici. Poi desidero una famiglia serena e un piatto per tutti i miei figli.

Ramòn

Marceline, 1909

Carissimo amico,
dopo che i miei fratelli hanno lasciato la nostra fattoria, io e papà ci siamo ritrovati con tanto lavoro in più. Inoltre papà, da qualche giorno, si è ammalato di una forte febbre. Ora dice di voler vendere la fattoria così da poterci trasferire a Kansas City per consegnare giornali. Sono solo un bambino ma ho sempre lavorato per aiutare la mia famiglia. Non so neanche cosa voglia dire giocare. Però non mi piace chi si lamenta, quindi non lo faccio neanche io. Da grande voglio fare una cosa speciale: donare il sorriso a tutti i bambini. Creare personaggi e figure che facciano sorridere. E racconterò in giro di aver avuto un'infanzia meravigliosa e piena di sogni, anche se non è così. È vero, spesso mi sento triste, ma mi basta immaginare una vita diversa e tutto diventa meraviglioso. Amo inventare, fantasticare, creare nuovi posti e nuovi luoghi. In questo modo posso essere ovunque in ogni momento, anche ora. Ed è questo che voglio fare: permettere a tutti i bambini di ridere e giocare, anche a quei bimbi che, come me, non possono farlo. Con la fantasia si può tutto: viaggiare, correre, amare, diventare grandi e poi tornare bambini, avere amici e, addirittura, si può volare. Con l'immaginazione può essere felice anche chi non lo è.

Walt

Riudoms, 1862

Caro Peter,
mi piacerebbe tanto vedere la tua casa! Ce l'hai una casa? Io la tua casa me la immagino come l'arcobaleno, con un arco gigantesco fatto di mille colori e le pareti blu come il cielo, come nelle favole. Le case dovrebbero essere tutte così, non piene di mattoni sempre uguali! Sembrano tante scatole! Io da grande voglio costruire le case, ma non quelle con i mattoni. Voglio costruire delle case che hanno gli alberi al posto delle colonne, dove le pareti sono fatte con le onde del mare e le finestre sono tante bolle che galleggiano in verticale, così che i bambini che ci abitano possano sentirsi sempre in una favola! Voglio costruire tetti fatti di cera, e tanti piccoli folletti al posto dei camini, così da sembrare che mangiano il fuoco come dei piccoli diavoletti! Ma la cosa che desidero di più è costruire un gigantesco castello di sabbia, con le torri altissime, quelle che si fanno con la sabbia bagnata! Questo deve però durare per sempre, e anche se ci vorrà tanto tanto tempo per farlo, non importa! Ci riuscirò e, quando sarà finito, servirà a ricordare a tutti quanti che la fantasia di un solo bambino può meravigliare i grandi di tutto il mondo.

Antoni

Losanna, 2013

Caro Peter,
io ti scrivo perché vorrei diventare subito grande, perché i grandi sono liberi di fare tutto quello che vogliono, senza che qualcuno li sgridi. Poi la mia mamma mi ha detto che potrò vestirmi come lei soltanto quando sarò diventata grande. Io questa cosa non la capisco, spero che tu me la possa spiegare. Se proprio questa cosa non dovesse essere possibile, allora spero che tu possa aiutarmi a diventare da grande una bravissima pasticciera, perché adoro i dolci e ne vorrei avere tantissimi tutte le volte che voglio, in particolare la torta ai frutti di bosco, come quella che fa la mia mamma. Ti mando tanti baci e tanti abbracci e spero un giorno di incontrarti.

Martina

Domrémy, 1425

Caro Peter,
ho trascorso l'intero pomeriggio con le mie amiche a danzare e ad appendere ghirlande di fiori ai rami dell'albero delle Fate. L'albero delle Fate è un posto che adoro, perfetto per stare da sola o in compagnia. Vicino all'albero c'è una fonte le cui acque guariscono le febbri. È un posto magico. Ma, per me, lo è ancora di più. Per me ha un valore molto più grande. Quello che sto per dirti è un segreto. Qualche settimana fa, a mezzogiorno, mi trovavo ai piedi dell'albero e, improvvisamente ho udito una voce. A parlarmi era l'Arcangelo Michele. Mi ha dato un compito importante: quello di salvare la Francia, liberandola dagli inglesi e incoronando Carlo VII re di Francia. Me lo ha detto come fosse un gioco da ragazzi. Forse per questa cosa così importante occorrerebbe un uomo forte e robusto. Anche uno dei miei fratelli più grandi, Jacques, Pierre o magari Jean… È vero che sono determinata e abbastanza coraggiosa ma ho soltanto tredici anni e adoro fare anche cose semplici come filare, cucire, fare le faccende domestiche, andare in chiesa con la mamma. Perché proprio io? Dopo quell'apparizione e quella voce, ne ho udite altre diverse: quelle di Santa Margherita e di Santa Caterina. Quando sono triste e impaurita, ci sono loro a consolarmi. Ora che ho confidato a te questo segreto, mi sento più tranquilla. Ti ringrazio per avermi dedicato un po' del tuo tempo. Se davvero dovrò salvare la Francia, tu guardami dall'alto. Saprò di avere sempre un amico che mi è vicino.

Un forte abbraccio.
Giovanna

Abidjan, 2013

Carissimo amico mio,
oggi mi sento immensamente felice e ho voglia di scriverti. Finalmente sono tornata a casa a trovare la mamma, la nonna e le mie zie. Sono tornata a sentire il profumo del mio mare, che quasi non ricordavo più, e delle mie strade, che sono ancora le stesse. Non resterò molto, ed anche se volessi, la mia mamma me lo impedirebbe. Il mio papà vive in Italia, e io vivo con lui da due anni, perché la mamma aveva paura dell'Ebola, e così sono andata via insieme a lui. Io credo che in Italia si possa avere anche un futuro più sereno. All'inizio era dura, facevo tanti sacrifici, lavoravo molto e andavo anche a scuola. Prima piangevo tanto, adesso non più, perché riesco a vedere le cose belle dell'Italia, ma anche del mio paese. Io ti scrivo perché devi aiutarmi a realizzare un sogno: quello di diventare dottoressa e di curare tante persone perché è bello vedere il sorriso di chi non soffre più. La mia mamma mi dice sempre di inseguire i miei sogni e non fermarmi per nessun motivo al mondo perché poi si realizzano e un giorno spero di poterti scrivere per dirti che, grazie a te, la mia mamma non si sbagliava.

Un abbraccio.
Deka

Lisieux, 1882

Ciao Peter,
anche questa giornata di lezioni qui al pensionato delle benedettine sta per finire, così potrò fare ritorno a casa dal mio papà e dalle mie sorelle. Quello è il momento più bello perché non mi piace stare qui. Le mie compagne mi prendono in giro. Però l'insegnante dice che sono molto brava ed obbediente. Tutto merito delle mie sorelle più grandi che, dopo la morte della mamma, si sono prese cura di me e mi hanno insegnato tante cose. Però, senza la mamma non è più lo stesso, mi manca tanto. Prima ero una bambina allegra e vivace. Ora sono molto calma e silenziosa. Spero sempre di essere come Gesù vuole, che sia contento di me. Pauline, la mia amata sorella, ora è la mia nuova mamma. Però, da qualche giorno ho scoperto che dovrà entrare al Carmelo. Sono più triste che mai perché questo vuol dire che dovrò perdere anche lei. Però nessuno sa che anche io sarò una carmelitana... Il Carmelo ha chiamato anche me. Non ho alcun dubbio! Non lo faccio per essere vicina a Pauline, ma perché lo sento dentro. Voglio essere perfetta per Dio, voglio impegnarmi per amarlo come Lui vuole. E l'amore che il Signore richiede è un amore fatto di piccole cose. Più sono piccole più, per Lui, sono grandi e di valore. Tu lo sapevi? Anche la più piccola azione, il più piccolo gesto, se lo fai con amore diventa enorme! Voglio vivere una vita piccola, piccolissima, anche breve ma grande e intensa.

Thérèse

New York, 1933

Caro Peter,
ho bisogno del tuo aiuto! Per l'ennesima volta la mia mamma mi ha messo in castigo perché sostiene, come tutti, che sono una bambina terribile. Ma, al tempo stesso, sono speciale perché so come farmi perdonare: basta cantare! La mamma infatti dice che, con la mia vocina da angelo, riesco ad accarezzare anche i cuori più duri; scaccio via le nuvole e faccio splendere il sole! Le persone si fermano sotto casa per ascoltarmi, incantate dalla mia voce magica, e così io continuo a cantare perché sono felice e dono la felicità. Ma quando non canto combino guai, sono disubbidiente, e così tornano le punizioni e gli sguardi arrabbiati; il canto si trasforma in urla, pianto e resto sola. Come si fa a essere felice e rendere felici gli altri senza cantare? Non posso mica cantare per tutta la vita, le altre bambine non lo fanno. Come fanno? Ci deve essere un altro modo! È questo l'aiuto che ti chiedo, e lo chiedo a te perché non potrai sentirmi cantare. E così so che puoi vedermi come io voglio essere: una bambina come tutte le altre.

Maria

Parigi, 2014

Ciao Peter,
ieri ho fatto un sogno bellissimo. Ho sognato che ero una fotomodella molto famosa e che facevo la sfilata più importante del mondo. Io spero che questa cosa un giorno succederà ma non la dico a nessuno, neanche ai miei genitori, perché una volta ho detto questa cosa e non erano molto contenti. I miei genitori mi hanno detto che quelli non sono degli esempi da seguire ma io mi chiedo: è possibile non desiderare di essere bellissima, ricca e famosa? Io credo proprio di no. Vorrei sapere tu cosa ne pensi e se sei d'accordo. Spero tu possa aiutarmi a seguire questo sogno!

A presto.
Jane

Possenhofen, 1848

Ciao Peter!
Oggi è stata una giornata fantastica. È tutto così bello qui. Non cambierei questi posti per nulla al mondo! Nemmeno per gli sfarzosissimi palazzi di corte! Non invidio le persone costrette a vivere in tristi palazzi di città. Io amo la natura, gli animali… Con il papà vado a cavallo, a caccia, scalo montagne e faccio lunghe passeggiate. La mamma dice che sono un maschiaccio! A me non importa un bel niente di andare a quelle feste dove si balla! Roba da femminucce!!! Più mi costringono a fare una cosa, meno ho voglia di farla. Come studiare o suonare il piano. Vedi, per me tutto deve essere un piacere, non un dovere. Per fortuna il mio amato papà mi capisce. Sono una bambina fortunata perché non so cosa sia la tristezza. Per questo credo di non avere nulla da chiedere. A me basta vivere qui, in questi posti. Spesso, quando voglio pensare e riflettere, vado a cavallo per le colline qui attorno. Oppure remo sul lago fino ad arrivare all'Isola delle Rose. È vero, non so fare le cose che dovrebbe saper fare una ragazzina che vuole trovare marito. Ma io riesco ad ascoltare la mia anima. Sento di avere tutto qui con me: il vento tra i capelli, l'odore dell'erba, la libertà, la spensieratezza. Non chiedo niente, non chiedo niente di più al mondo.

Sissi

Los Angeles, 1935

Caro Peter,
ho scritto una lettera al mio papà ma non so il suo nome, né il suo indirizzo. Tu, dall'alto, riesci a vedere la sua casa? Riesci a trovarlo? Non so dirti com'è fatto, se ha gli occhi marroni o azzurri, se è alto, basso, ciccione o magro. Non so se è triste o se ama ridere. Magari è spesso burbero con gli altri, proprio come me. Non so niente di lui. Ma se io gli assomiglio almeno un po' magari tu riesci a riconoscerlo. Per questo ti mando una mia foto insieme a questa lettera. Devi trovarlo in fretta perché sono stanca di cambiare casa. Forse, quando lui mi vedrà, così bella e forte, capirà di aver sbagliato lasciando sola la mia mamma e mi prenderà con sé, e così io avrò finalmente trovato il mio posto. E magari si occuperà anche della mamma che è molto malata. Il dottore dice che lei è mentalmente instabile ma, secondo me, si è solo ammalata di tristezza. Fino a qualche anno fa non sapevo neanche che lei fosse la mia mamma. Avevo un'altra mamma e un altro papà. Ma, un giorno, quella mamma mi ha detto di non chiamarla più così perché non era lei la mamma vera. Allora sono andata in un'altra casa, con altri genitori. Dopo altro tempo mi hanno portato di nuovo via e ho vissuto finalmente con la mia vera mamma. Ma poi, questa vera mamma è caduta dalle scale ed è dovuta andare in ospedale. Ora abito con la sua migliore amica. Lei mi ha fatto conoscere il cinema che è una cosa che mi piace tanto! Ora quest'ultima mamma sta per sposarsi e io dovrò andare in un orfanotrofio. Peter quante mamme esistono? Io non volevo tante mamme

ma una sola che restasse per sempre. E volevo un papà, il mio papà. Puoi essere mio fratello, magari. Almeno avrò qualcuno che resti con me per sempre. Si adotta un fratello? Se sì, io voglio adottarti caro Peter.

Un bacio.
Norma (Marilyn)

Rimini, 1929

Caro Peter,
ti sto aspettando da tanto tempo, ma tu non vieni mai. Non si fa attendere un re, anche se ha un mantello e delle calze di lana e il trono è un letto caldo e rimboccato. Qui nel mio regno i sogni sono reali! Sai, con i miei poteri posso farti sognare con gli occhi aperti, puoi desiderare di guardare la cosa più incredibile del mondo e vedrai questa comparire davanti ai tuoi occhi. Nel mio regno ho accolto omini fatti di zucchero, soldati che cantano come gli uccellini, ho sentito il vento che urlava l'inizio della battaglia fra la sabbia e il mare e, anche se i miei amici non ci credono, ho visto una principessa bellissima di cui mi sono innamorato, anche se ha le ali ed è dovuta andare via. Ma io l'aspetto, così come aspetto te ogni notte, prima di andare a dormire. Prima o poi, infatti, ti vedrò comparire da sotto al letto per dirmi, rimboccandomi le coperte, che è il momento di dormire e di vivere una nuova notte piena di realtà!

Federico

New Orleans, 1914

Caro Peter,
ho bisogno di te. Devi subito portarmi fuori di qui. Sono finito in un riformatorio per ragazzi neri perché ho rubato una pistola con cui mi sono divertito a sparare in aria per festeggiare il Capodanno. Non chiedermi troppe spiegazioni. Okay, sarò pure un cattivo ragazzo ma devo uscire, dammi una mano. È vero, non ne faccio una buona, sono stato anche espulso dalla scuola ma non ho mai fatto del male a nessuno. Provo solo a divertirmi un po'. La vita è dura, soprattutto per noi neri che veniamo sempre emarginati. Per fortuna ci aiutiamo e ci sosteniamo a vicenda. Ma quanta importanza potrà mai avere il colore della pelle? Che cosa stupida! Ora ho tre nuovi amici con cui ho iniziato a cantare per le strade. Così possiamo fare un po' di soldi. Servono sempre, ce ne sono così pochi! Devo aiutare la mamma perché non voglio più vederla con uomini diversi solo per permetterci di mangiare. Vogliamo provare a creare una band e io suonerò la cornetta. A me piace molto il ragtime, sento di riuscire a fare qualcosa di buono. Ho un certo ritmo, lo sento dentro… anche se non so leggere la musica. Però posso imparare. Ti sto aspettando, appena sarò fuori, ti prometto che mi impegnerò e non farò più queste sciocchezze.

Fa' presto.
Louis

Firenze, 1277

Ciao Peter,
ieri notte mia sorella Tana ha detto di aver visto una stella cadente e di aver espresso un desiderio bellissimo. I desideri che esprimi mentre guardi una stella che cade si avverano di sicuro, lo sapevi? Me lo ha detto la mia mamma prima di morire. Ora anche lei è una stella. Questa sera sono rimasto tutto il tempo fuori ma non sono riuscito a vedere una stella che cade. Il cielo è pieno di nuvole. Allora ho deciso di scrivere a te. Forse, se confido a te il mio più grande desiderio, poi si avvera! Vedi Peter, oggi è un giorno importante. Papà mi ha raccomandato di ricordarmi questa data perché è stato "stipulato il mio contratto dotale". Non so bene cosa voglia dire ma, per quello che mi ha spiegato papà, un giorno non troppo lontano dovrò sposare Gemma. Gemma è una bella bambina. A me piace. Il problema è che io sono già innamorato di un'altra bambina di nome Beatrice. Lei è la sorella di un mio amico. L'ho vista la prima volta tre anni fa. Subito il mio cuore ha iniziato a battere più forte e le mie gambe hanno cominciato a tremare. Quando ho visto Gemma non è stato così. Per questo credo che non sia giusto sposarla. Però i grandi non capiscono nulla dell'amore. Per favore, esaudisci il mio desiderio! Voglio sposare Beatrice. Se non lo farò, sento che sarò triste e infelice per sempre.

Aiutami, ti prego.
Dante

Recanati, 1806

Caro Peter,
ti scrivo perché devo confidarti un segreto che solo tu puoi comprendere. Ho scoperto che i libri vivono e hanno poteri magici! Essi respirano, parlano, ridono, piangono e raccontano tutte le storie del mondo. Basta aprirli e possono farti volare ovunque, sulle colline qui intorno o in qualche epoca passata. Ma, come ti ho detto, è un segreto! L'altro giorno ne ho sentito uno che mi chiamava, e così mi ha preso per mano e mi sono ritrovato nell'antica Grecia, fra migliaia di uomini corazzati; e così ho pensato che, per realizzare i miei pensieri più belli, basta scrivere! Attento però! Questo è un segreto, e spero che un giorno io possa scrivere un libro che riesca a portarti qui da me per giocare insieme io e te… e i miei libri!

A presto!
Giacomo

Dublino, 1866

Ciao Peter!
Avrei bisogno di incontrarti, perché solo tu potresti comprendermi. Tutti mi conoscono come un bambino intelligente, pieno di risorse e di talenti; ho ereditato la scienza del mio papà e la sensibilità della mia mamma. Il problema è che nessuno sa che io non sono un bambino normale, ho origini divine e, come te, non invecchierò mai, considerando che non sono mai nato. Ma come confessare ai miei amici questa cosa? Penserebbero tutti che io sia un folle. In realtà lo pensano già per il mio modo di comportarmi ma forse, con un po' di intelletto, capirebbero che la spiegazione dei miei comportamenti sta nella mia natura divina. Ho da poco iniziato i miei studi presso una facoltosa scuola, e così devo adeguarmi alla formazione di tutti i bambini… Li chiamano "virtuosi"! E io cosa sarei? Ogni giorno restano sorpresi dalla mia conoscenza dell'antica Grecia, ma nessuno si accorge che ogni minuto che trascorre intorno a noi è sufficiente per spingermi a scrivere per ore. Portami con te Peter, e non importa se la vita non può essere sempre una favola, l'importante è credere che essa possa esserlo in qualsiasi momento.

Oscar

Varsavia, 1818

Caro Peter,
ti scrivo perché in questi giorni mi sento molto solo. Questo non perché non ho persone attorno… Accanto a me ci sono sempre le mie tre sorelle, il papà, la mamma e il maestro Zywny. Vivo una grande malinconia. A scacciarla è sempre e soltanto il mio amato pianoforte che suono ininterrottamente da quando ero piccolissimo. Non riuscivo neanche a raggiungere la tastiera con la punta del naso, che già sapevo suonare con un dito le melodie cantate dalla mamma. Oggi adoro soprattutto i pezzi di Bach, ma anche comporre delle cose mie. Ho creato la mia Polacca. Tutti mi paragonano a Mozart. Dicono che sono un prodigio e mi invitano ad importanti serate aristocratiche. Ti chiederai: perché allora ti senti solo? Ad appena otto anni hai così tante attenzioni su di te! Non lo so. Forse vorrei essere un bambino come tutti gli altri. Per di più, da un po' di tempo, ho una forte tosse. Venire da te potrebbe farmi sentire meglio. Quindi, caro Peter, ti supplico, permettimi di raggiungerti. Pensi che potrei portare con me il mio pianoforte? Fammi sapere. Se nella tua risposta mi dirai che non potrò raggiungerti, bene, ti chiedo almeno di non smettere di essermi amico. Avere un amico come te, seppure lontano, mi aiuta a ricordarmi che sono ancora un bambino. Tutti mi dicono: componi musica, sei un ometto! Non sanno però che comporre è inventare. E l'invenzione, la creatività, la fantasia sono proprie dei bambini e soltanto di quei pochi adulti che non hanno perso del tutto queste capacità.

Fryderyk

Monaco, 1889

Caro Peter,
ti scrivo perché oggi a scuola il maestro mi ha detto che sono uno scansafatiche e un sognatore. La mamma è arrabbiata con me. Dice che faccio tutto con troppa calma e senza attenzione. È vero, ho cominciato a parlare quando avevo tre anni, ma a me non sembra poi una cosa tanto brutta. In quei tre anni ho ascoltato e ho osservato! Io odio andare a scuola. Sembra di essere in una caserma! Odio stare con i miei compagni di classe, preferisco starmene per conto mio. In più, le lezioni sono noiose! Mi piacciono soltanto le lezioni di algebra dello zio Jacob… Però la cosa che amo di più è suonare il violino. Me lo ha insegnato la mamma quando avevo cinque anni. Ora sono davvero bravo e suonerei per ore intere. Quando non so che fare, leggo libri scientifici e osservo la natura. Tutte le altre cose sono tristi e noiose. I grandi possono dire quello che vogliono. Non mi interessa se il maestro mi dice che sono strano! Io penso che gli strani sono loro. Non sono uno scansafatiche. Ci medito sulle cose! Per esempio, qualche anno fa mio padre mi ha mostrato una bussola. Ecco, ho subito capito che qualcosa agisce sullo spazio che resta vuoto per spostare l'ago verso il nord! E io da grande voglio fare questo! Capire le cose… Capirle veramente! E non parlo solo di oggetti. Voglio sapere il perché di ogni cosa che succede! E tutti quelli che oggi dicono che sono solo un sognatore, si ricrederanno! Così, scrivo a te, caro Peter! Se tu fossi un mio compagno di classe, andrei a scuola più volentieri. Con te sarebbe più bello imparare e capire le cose! So che tu non abbandone-

resti mai il posto in cui vivi… Però, se capiti da queste parti, avvisami!

Con affetto.
Albert

La Coruna, 1893

Caro Peter,
sono un bambino spagnolo che sa fare i disegni. Amo disegnare, ma non disegno quel che amo. Anche mio padre sa disegnare, lo insegna a fare agli altri ma io, senza il suo aiuto, sono diventato più bravo di lui! I miei disegni più belli ce li ho sotto il letto, ma non li vuole vedere nessuno, perché sono disegni da bambini, mio padre invece vuole che io faccia i disegni che somigliano a quelle cose che si trovano nei musei o nelle case delle persone ricche, con quelle cornici giganti, perché dice che sono un prodigio. E così ho deciso che i miei disegni più belli voglio regalarli a te, perché sono sicuro che ti piaceranno, e così tu li potrai far vedere a tutti i bambini del mondo e, da questi, ne faranno altri e altri ancora, sempre diversi, perché i disegni dei bambini non si possono copiare! Sai Peter, posso farti una domanda? Ma perché noi bambini riusciamo a disegnare come i grandi e i grandi non riusciranno mai a disegnare come i bambini? Forse solo tu potresti spiegarla questa cosa! Ti mando un abbraccio e spero che, in cambio dei miei disegni più belli, tu mi regali la capacità di saper disegnare per sempre… come un bambino!

Pablo

San Severo, 1998

Caro Peter,
oggi ho litigato con il mio amico di classe, lui dice che tu non esisti e io gli ho detto che non capisce niente. I bambini della mia età pensano che le cose in cui io credo non possano essere vere, che le favole non sono vere, che Babbo Natale, i principi, le principesse, le streghe, i fantasmi e perfino gli angeli sono solo idiozie che gli adulti raccontano ai bambini. Quindi io sarei solo una stupida che vive di fantasie e sogni irrealizzabili. Sai una cosa, però? A me non importa se tu esisti o no… Se le favole sono solo racconti per farci addormentare sereni. So solo che è grazie a queste storie se io cresco felice e con la speranza di esserlo sempre. Chi non ha fantasia, chi non spera, chi non ha fede, è triste. E io non voglio esserlo, nemmeno per un istante. E allora, mentre loro giocano al computer o al game boy, davanti a quegli schermi che non sorridono mai, io stringo forte il mio morbidissimo peluche, che mi sorride sempre e… leggo. Leggo favole, storie e poesie. Così, ogni giorno, conosco amici nuovi: fate, re, regine, maghi, briganti, pirati e sirene. Così, ogni giorno, vivo in una "casa" diversa: castelli, casette nei boschi, grotte, in fondo al mare o su una nuvola. Così, ogni giorno, viaggio e raggiungo posti nuovi. Ieri, per esempio, sono stata sul minuscolo pianeta del "Piccolo principe" sebbene non ci fosse spazio anche per me. Se è vero che esisti e che puoi realizzare un desiderio, beh io ti chiedo di dare la fantasia a tutti i bambini che non ce l'hanno, perché questo è il dono più bello di tutti. Fa' in modo che io non la perda mai, soprattutto se, un giorno,

il mondo e la gente dovessero spingermi ad abituarmi alla loro triste quotidianità. Dammi la forza, caro amico lontano, di affrontare tutti e di urlare sempre che non c'è niente di impossibile e di irreale. Dammi la forza di fare della mia vita tutto quello che vorrò, semplicemente credendoci.

Prometto che mi ricorderò e ricorderò di te.
Michela

Indice

Finito di stampare da Creative Artworks
via A. Scopelliti, nel mese di marzo 2016, Reggio Calabria
per conto de La Rondine Edizioni